僕らの空は群青色

砂川 雨路

STARTS
スターツ出版株式会社

二〇〇一年の夏、友達が死んだ。
これは僕と彼と彼女が過ごした一生分の夏の話。

目次

僕らの空は群青色

序

最初に言っておくなら、この記録は僕の妻のために残す。ここに書いておくことは、幾分物語的で、まるで僕の処女小説みたいなものなので、本当はとても恥ずかしいのだけれど、僕は書ききらなければならないと思っている。だから、この手記を見つけたのが妻以外——そうだなぁ、亘《わたる》や亨《とおる》、つむぎだった場合、これ以上先を読まずにお母さんにそっと渡してほしい。お父さん、あまり格好よくないんだ、この中では。

そして僕の大事な奥さん、きみが見つけてくれたなら、どうかじっくり読んでほしい。ここにはきみが知らない、いや、忘れてしまったことがたくさん書かれている。気乗りしないかもしれないね。僕もお義母さんも、きみにあれこれ話をするのは慎んできたから。でも、どうか怖がらずに、不安がらずに読んでほしい。脚色や美化はしていないつもりだ。

さて、僕はこの二十五年、本当に幸福に生きてこられた。家族と海と山に囲まれた静かな暮らし。獣医院を開業した頃はとにかく忙しいしお金はないしで大変だったけれど、今はこの町に馴染《なじ》み、スタッフ五人を抱え、それなりにうまくやっていると思う。

奥さんであるきみは、出会って随分経《た》つというのにいまだ清らかで美しい。本当にそう思っているよ。長男の亘は来年成人だ。亨は高校二年生、つむぎは中学三年生になった。

こんな順風満帆な僕の暮らしのなか、わざわざ記録を残す理由は、みんな知っていること。僕の胃に見つかった癌《がん》が原因だ。ステージは二だけれど、進行性とは言われていないし、たぶん、取ってしまえば問題なく永らえられるだろう。きっとこの手記を書いたことが恥ずかしくなるくらいあっさり日常に戻れると思う。でも、万が一ということがある。

その上で、もうひとつ理由がある。僕の胸には、誰も立ち入ったことのない場所がある。その場所には小さな箱が置いてあり、中には残像のようにかすかだけれど、鮮やかな色の断片を持つ世界が眠っている。僕はもう何年もこの箱を開けていない。そして誰にも中身を見せることはないだろうと思っていた。墓場まで持っていくってやつだ。

しかしここにきて、僕の考えは変化しつつある。この思い出が僕の内側で泡のように消えていくのはあまりに悲しい。あるいは〝彼〟はそれを望むかもしれない。だけど命について考え直している僕は、この思い出をこの世に残しておきたいと考えるようになった。大袈裟《おおげさ》ではあるけれど、それが僕の責務のように感じられるんだ。

四半世紀前のことをうまく文章にできるかはわからない。でも必ず書ききろう。たとえこの手記を読むことはなくとも、いつか家庭を持ち、歴史をつないでいく僕らの子どもたちのため。

そして他ならぬきみのために。

第一章　図書館の男

「あ、あいつまた来てる」

僕は口の中だけで呟《つぶや》いた。

日差しが降り注ぐ図書館の受付カウンターを過ぎ、数歩進むと、窓際の席によく見かける顔がいた。同じくらいの年頃の男だ。薄茶色の柔らかそうな髪、色素の薄い鳶《とび》色の虹彩。高い鼻と伏せられた瞳の様子が彫刻みたいだ。手にしているのは厚い本で近代文学の全集に見える。

一方的に顔だけ知っているという間柄で、むこうは僕のことなど知りもしない。僕は雑誌コーナーで読みたいものを物色しながら、ちらりと男を見る。きっと、もう少しすると席を移動するはずだ。あの席は太陽光がきついんだ。

……ほら、腰をあげた。予想が当たってほくそ笑むと、僕はいつも使う書架に近い四人がけの机についた。彼と同じ方向を見る格好になるので、その後の動静はわからない。

図書室は森の奥のように静か。冷房が強めに稼働する音、誰かがページを繰る音。年寄りばかりの平日午前の図書館で、若いヤツは僕とそいつだけ。そんな日々が続くうち、なんとなく僕は彼に仲間意識を持った。話しかける気はなかったけれどね。

＊

二十世紀が終わり、新しい百年が始まった。

二〇〇一年、僕は大学生になった。今から二十五年前のことだ。故郷の富山《とやま》から単身上京し、獣医学部のある千葉《ちば》の大学に通い始めたあの頃、ひとり息子の僕は親から十分な仕送りをもらい、悠々自適な暮らしをしていた。バイトもせず、クラスの仲間と遊び歩き、ちょっと感じのいい女の先輩と友達になったり。何かと用を作って街に出ては、うろうろとぶらつき、ファミレスやコーヒーショップをめぐり、書店やCDショップを覗き見てまわる。そんな些細《ささい》なことが楽しかった。

大学ではまだ一年目ということもあり、専門教科はほとんどなく、教養科目を学んでいた。簡単なことばかりで、出席さえやりくりすれば単位がもらえることはすぐに理解したので、あとはサークルやクラスの友人と空いた時間を有効活用する。自主休講、代返は当たり前。なにしろ誰も咎《とが》めない。授業をサボって、仲間と馬鹿騒ぎを繰り返し、時には朝まで遊び歩くこともあった。勢いで深夜の学校に忍び込んだことだってあった。今思えば、高校まで真面目に勉強してきた優等生が、大学デビューしたようなもの。反動もあって、僕は初めての自由に夢中になった。

千葉県のその街は、田舎育ちの僕には十分すぎる都会でちっとも退屈しない。山しかなかった実家のある町とは違い、僕がほしいと思うものはなんでもある。若者らしく都会の水に首までつかり、いわゆる楽園の日々の只中にあった。こんな都会でひとりで暮らしているという子どもっぽい自信に、僕はすっかり一人前の大人気分だった。

それでも僕は他の学生より要領がよく、幾分か頭がよかったのかもしれない。遊んでばかりいたが、教授の覚えはよかったし、講義中寝ていたってレポートもテストもできた。仲間うちではその簡単な教養科目すらわからないという人間が何人もいた。

「白井《しらい》は頭イイもんな」

その小さな世界で頭がよくてなんになるとは思うものの、僕は得意だった。周囲のささやかな賞賛が嬉《うれ》しかった。

僕の一番のお気に入りは市立図書館だった。そこは大きな市の持ち物にしては、建物は古く蔵書が少ない。いつ来ても、ほとんど人がいない。喫煙所にはリタイア世代の男性が何人も談笑していて、あきらかに本を読むというよりは寄り合い所みたいな使い方をしているように見える。それでも僕が読みたい最新の雑誌はあらかた揃《そろ》っていたし、何よりフロアは本当に静かなのでよく時間を過ごした。

僕は理系の人間だけれど、文学を愛していて、そんな自分をちょっとカッコイイと思っていた。明治や大正の文学に憧れを抱いていた。太宰治《だざいおさむ》、谷崎潤一郎《たにざきじゅんいちろう》、田山花袋《たやまかたい》、森鷗外《もりおうがい》、志賀直哉《しがなおや》……。なんでも読んだけれど、やはり夏目漱石《なつめそうせき》の『こころ』の世界観は好きで、しばしば浸り込んで読んだ。時代が時代なら、書生をするのに。そして帝国大学に通うのだ。『こころ』の先生のように。恥ずかしいので口にはしないけど、そんなことを夢想していた。

ほこりくさい、古びたレンガの建物の内側で、斜めにさし込む木漏れ日を眺め、少しだけ文学青年ぶってみる。図書館のレトロな雰囲気が、なんとなく僕の気分を盛りあげた。

件《くだん》の青年、遠坂渡《とおさかわたり》とはそこで会った。僕が気になったのは、彼がとても若く見えたこと。そして、彼の姿形がとても図書館にそぐわなかったというのもある。脱色したのか色を入れたのか、彼は薄茶色の髪の毛をしていた。意図してか前髪を長くしているので、彼の表情はわかりづらかったけれど、髪の束の間から見えた瞳の色が薄かったので、その肌の白さもあいまって僕は彼を外国人とのハーフかと思った。

あの容姿ならモテるだろうな。僕はといえば、純日本人の真っ黒な髪に、背こそ高いもののひょろっと細く、たくましくもない。僕は少し彼を羨《うらや》んだ。

そして思った。なんで、あんな今時の若者がこんなところにいるんだ？

今日も彼は日当たりのいい席からひとつ奥まったところで太宰の全集を読んでいる。見かけるたび、彼は本を読んでいた。図書館といえば、勉強目的でレポートを広げる学生もいるけれど、そうしたところは見たことがない。学生じゃないのかもしれない。Ｔシャツにジーンズという格好は飾り気のない大学生らしく見えたけれど、学生の持つ若者特有のギラギラした雰囲気がなかった。なんにせよ、雰囲気がある。

横目で見ていたら、ふと彼は立ちあがる。荷物を持ってカウンターに向かうところを見ると、今日はその本を借りて帰る様子だ。続きは家で読むのかな。

「あれ？　カード……」

数人しかいない図書館に彼の低い声が響いた。へえ、声もカッコイイじゃん。ますます羨ましい。僕は視界の端に彼を映して観察する。

「カードをお忘れでしたら、お名前と身分証明書で検索かけますよ」

カウンターの女性ににこやかに言われ、彼は探っていた財布から保険証のようなカードを出した。

「トオサカワタルさん」

「あ、ワタリと読みます。トオサカワタリ」

「失礼しました。トオサカワタリさんですね。確認いたしますのでお待ちください。……はい、それではこちら一週間の期限になります」

スタンプ付きの付箋《せん》を貼られ、厚い全集を手渡されると、その男、トオサカワタリは、さっさとカウンター前を通り過ぎ、日差しの中へ出ていった。

へえ、名前までわかっちゃった。個人情報ってこうやって広がっていくんですね。いや、僕みたいに聞き耳を立てていなければそうでもないのかな。

まあ、とにかくこの頃の僕はこのトオサカワタリに興味があった。図書館でしょっちゅう会う年の近そうな男。見た目は図書館にいなさそうなタイプで、僕とは真逆の雰囲気を持つ男。たとえば、大勢の中にいて、何もしなくても目立つタイプというのがいる。いい意味にせよ、悪い意味にせよ。彼はそういったタイプの人間に見えた。

よくよく考えてみると、「大勢の中で目立って見える」存在というのは、人によって違う。僕にとってはトオサカワタリがそれだったようだ。

*

間もなく梅雨という五月のこと。この日、僕は図書館で少し課題をし、一時間ほど読書をしてから席を立った。

図書館を出た時点で、経済学のノートを忘れたことに気づいた。まあ、いいや。経済学の講義は来週までなく、週末にはまた図書館に顔を出すだろう。今、敢《あ》えて取りに行かなくてもいい。

市役所の近くを通り、神社を抜け、駅まで歩く。僕は図書館のほど近くにアパートを借りていたのだけれど、大学に行って、所属しているスポーツサークルにでも顔を出そうかと思っていた。大学行きのバスは駅のロータリーから出る。

「あの……ちょっと」

駅前通りに出る直前で、背後から声をかけられた。

振り向くとそこにいたのはトオサカワタリだった。なんで？　なんで図書館の同志がこんなところに？　僕は焦って、それと同時に妙にわくわくした。

そしてふと、彼の手に僕の経済学のノートがあることに気づく。

「あ、もしかしてそれ」

「あんたのでしょ」

トオサカワタリはぐいと僕の手にそのノートを押しつける。行動は親切だけど、無表情で何を考えているのかわからない。低い声は不機嫌そうだ。

「ありがとう、置いてきちゃったかなとは思ったんだ」

言いながら、思う。図書館からここまでは徒歩五分程度。トオサカはその間、僕に声をかけるタイミングを計りながらついてきていたのかな。それはちょっと面白い構図だぞ。思わずふふっと笑いそうになると、トオサカが怪訝《けげん》そうな顔になる。笑いを噛《か》み殺した僕に警戒したようだ。

「じゃ、渡したんで」

トオサカは踵《きびす》を返すとさっさと立ち去ってしまう。僕はその背中を見送りながら、何を言えば正解だったのか一生懸命考えた。話した感じだと取っつきづらそうな男だ。

でも、親切なヤツでもある。忘れ物をわざわざ追いかけて届けてくれるんだから。根がいいヤツなら、きっと仲よくなれる。次に図書館で会ったら、思い切って話しかけてみよう。

次の機会はあっさり二日後にやってきた。午前が休講になり、僕が図書館にやってくると、いつもの席でトオサカワタリが本を読んでいる。僕は決意どおり近づくと、こんにちは、とひそめた声をかけた。

「ああ、一昨日《おととい》の」

「あらためまして、ノートをありがとうございました」

僕は折り目正しく頭を下げた後、ぱっと顔をあげた。

「突然ですが、喉渇いてないですか？」

トオサカの視線は本に落とされていたけれど、僕の言葉にぐるりと首を巡らす。気だるそうにこちらを見つめた色素の薄い瞳が言っている。ナニコイツ……って。

「いえ、全然」

「僕はものすごく渇いていてですね」

「そうですか」

僕の言葉が唐突なのも否めないけれど、つれない雰囲気のトオサカに、僕は思い切って言った。

「ここから駅方面に歩くと、でかいパフェが食べられる店があるんですけど、お礼かたがた付き合ってくれませんか？」

僕は図々《ずうずう》しい人間ではない。どちらかといえば、人見知りだし、前に立つタイプではない。でも、この時の僕は積極的だった。

ちょっと気になっていた図書館の同志。親しくなるには最高の機会が巡ってきたんじゃないか？　一昨日は不意打ちで、ろくに会話もできなかったけれど、今日なら準備万端だ。彼が読んでいる本は大抵僕好みだったし、理系学部の僕に文学の話をする相手はいない。先に書いたけれど、僕は明治大正文学に出てくる書生に憧れていた。トオサカワタリの見た目は、けして書生っぽくは見えないけれど、文学を語り合う仲間として、僕らは仲よくなれるんじゃないか。

「喉が渇いてるんですよね」

トオサカは僕のテンションとは真逆の静けさで聞き返す。

「喉渇いてるのに、パフェ？」

「パフェはきみが食べたらいいですよ。僕、お礼におごります」

「いえ、俺は甘い物苦手なんで」

「え⁉　前、図書館出たとこでいちご牛乳飲んでましたよね」

僕の余計な突っ込みのせいで、トオサカが精神的に百メートルくらい後退した。表情にわかりやすく嫌悪が浮かんでいる。たぶん、席に着いていなかったら即行逃げられている。

「まさか……その筋のストーカー？」

「どの筋だ、どの。……誤解しないでください。あの図書館でよくお見かけするなぁって思ってただけですので。えーと僕、白井と言います。白井恒《こう》。沼南《しょうなん》大学獣医学部の一年です。怪しい者じゃないです、ホント」

小声で一気にまくし立てると、トオサカがようやく口の端を歪《ゆが》めた。それが呆《あき》れたような笑顔であると気づくには時間がかかった。

なんだ、これは笑顔なのか。不器用に笑う男だなぁ。

「……この後バイトなんで、一時間くらいですけど」

「え？」

「お礼させてあげますよ」

トオサカの偉そうな言葉に、僕はいっぺんに嬉しくなった。

図書館を出ると、駅に向かって連れ立って歩く。僕が少し先を歩くので、先導しているような格好だ。

大通りを渡ってすぐの古びた喫茶店が目的地。巨大パフェが有名な店で、大学の仲間と入ったことがあるけれど、その時パフェは頼まなかった。

甘い物が苦手とは言われてしまったものの、せっかくだからと頼んでみたパフェは背が高く、てっぺんに花火がぱちぱち弾けていた。僕自身も「想像よりでかい」なんてぎょっとしたほどだ。テーブルにやってきたパフェを見て、トオサカが最高潮に不機嫌な顔をしたのが面白くて笑いをこらえる。たぶん、彼もこんなパフェだとは思わなかったんだろう。

「遠坂渡って名前……です」

強引にスプーンを持たせると、ひとさじ掬《すく》って遠坂が言う。

「遠坂くんか」

すでに知っているとも言えず、僕は頷《うなず》いた。するとひと口パフェを食べてから付け足す。

「名字、あんまり好きじゃないんで呼ぶなら名前の方が有り難い」

「あ、じゃあ僕も恒って呼んでよ」

なんだろう、この自己紹介タイム。そんな疑問はお互いの頭にあったと思う。

でも、僕は一方的に彼に興味があり、文学を語り合う相手として親しくなるのもやぶさかではないと思っていた。もしかすると、彼は大学にはいないタイプの仲間になってくれるかもしれない。

気まずい間《ま》を作らないように僕は話し出す。

「この前十九歳になったばっかりなんだ。渡は？」

「同い年だ。八月で十九」

「田舎から出てきてひとり暮らし。こっちってなんでもあるのな。娯楽多すぎて、毎日遊んでばっかの馬鹿大学生だよ」

「大学入ってんだから頭は悪くないだろ」

「入るまでは勉強するけどね。渡は学生？」

「アルバイター」

渡は、ふっと皮肉げに笑った。

「高校も中退してるし、俺、すっげ頭悪いよ」

どうやら自分を卑下したい様子だけれど、手元の派手なパフェでその雰囲気が台なしだ。ちょっと面倒くさいタイプの男かな、と思いながら、そんな気難しさも興味を引いた。

僕はもう一本のスプーンで、反対側からパフェを突き崩す。

「ちょっと、あんたが食べるなら、全部やるよ」

渡がパフェグラスをずずいと押してくるので、空いた左手で押し返す。

「いいじゃん、一緒に食おうよ」

「カップルか……やっぱりあんたそっちの趣味の……」

「ないわ！　気持ち悪い！」

怒鳴り返すと、渡の頬が緩んだ。自分の冗談に、僕が突っ込みを入れたことが面白かったようだ。

ああ、なるほど適度に距離は詰めた方がお互い楽なんだなと、安心する。図書館で会う変わった男。そうだ、ちょっと踏み込んでみよう。

「太宰、好き？」

「うん、よくわからないけど……好きかな」

「芥川は？」

「全集読んだら、すげー怖くなったけど、嫌いじゃない」

文学の話をしたら、急に素直に答えてくれた。案外、渡は好きなものには一途なタイプじゃなかろうか。僕はとっておきの切り札に、にやっと笑って見せた。

「僕んちの親、国語の教師でさ。うち、結構文学全集揃ってるよ。よければ、いつでも貸すけど」

渡が初めて、興味を示した。気のなさそうな瞳が、ぱっと見開かれている。行きつけの図書館には「貸出中」のままの本が何冊もある。図書館側は新書や雑誌は買っても、なくなった本を足そうという気をなかなか起こさない。「貸出中」が撤回される場合の方が少ないのだ。

「いいのかよ」

「うん、僕ほとんど読んじゃったし」

これはつれたかもしれない。僕は内心ほくそ笑みながら、渡の気が変わらないうちにと、携帯電話を取り出した。連絡先の交換のためにだ。

後から聞いたけれど、渡はこの時、僕と友人になる気などさらさらなかったそうだ。もっと言えば彼は誰ひとりとして友情を育む存在をほしがっていなかった。

*

渡と友達になった！　と思いきや、巨大パフェの件以降、僕はぱったりと渡に会えなくなってしまった。渡が図書館を訪れなくなったのだ。あれほどいつも図書館にいたのに。

何かあったのかと思うと同時に、避けられているのではとも考えられ僕は勝手に腹を立てた。そりゃあ、ちょっと強引に友達になろうアピールをしたのは気持ち悪かったかもしれない。でも、向こうだって連絡先を交換したじゃないか。交換した後、後悔したクチだろうか。メールをしてみようかと考えたけれど、なんだか媚《こ》びているような気がしてできなかった。

僕は自分の用事で図書館通いを相変わらず続けていた。

五月末のある日、僕は思わぬところで渡と再会した。近所のコンビニだ。店内に入って、青い制服を着た店員のひとりに見覚えがあって驚いた。探していた渡じゃないか。茶色の髪のまま愛想ゼロでレジを打つ渡を物陰から見つめ、あまりに似合わない姿に笑いそうになる。図書館も不似合いだけれど、レジ打ちも不似合いだ。

渡がレジから離れ、雑誌の陳列を始めたのを機会に、背後にそろりと近づく。

「わーたりくん」

しゃがみ込んでいた渡が驚いて僕の方を見上げた。一瞬考える顔をする。

「えーと、シライコウ」

とってつけたような発音だった。友人の名前を呼ぶというより、覚えている単語として発音してみたといった雰囲気だ。いや、名前を覚えていただけ上出来と言ってやるべきかもしれない。

「恒って呼んでくれるんじゃなかったの〜?」

「気持ち悪い。あと、やっぱりあんたストーカー?」

渡は雑誌に目を戻し、梱包を解いている。おまえには興味ありませんと背中に書いてありそうだ。

「僕んち、近所。図書館からも近いでしょ、このあたり」

　渡は答えない。

「バイトしてんの？」

「ああ」

「最近、図書館来ないね」

「バイトのシフト増やしたから忙しい」

「家、近いのか？　僕はここから五分」

「遠いよ」

　何を言ってもひと言で済まされてしまう。こちらに顔を向けもしない。つっけんどんな対応に、僕はあからさまに苛立った。なにこいつ。感じ悪い。

　それでもめげずに話しかけようとすると、渡は言った。

「もういいか？　仕事中なんだ」

　最高に疎ましそうな顔をしていた。

「ああ、そう。それはお邪魔しましたー」

　僕はそう言って、買い物も忘れて店を出た。

　歩いていくうちに、なんであの場で怒りを表明しなかったのかと苛立ちが増してくる。確かに仕事中だったけれど、そんなにうるさくしたつもりはない。やっぱり、僕を避けているっていうのはあながち間違った推測じゃないかもしれない。

それにしたって、なんて礼儀知らずなヤツだろう。あんなのと友達になろうとしていただなんて。もういいや、媚びてまで仲よくする相手じゃないさ。僕には大学に友達がたくさんいる。いい感じに発展しそうな女の子もいないわけじゃない。謎の図書館仲間・遠坂渡に固執する理由はひとつもない。そりゃ、文学を語る仲間としてちょうどいいとは思ったけれど……。

しかし数日後、同じコンビニで客と店員として僕らは顔を合わせることになる。仕方ないだろう。僕の部屋から一番近いコンビニだったんだ。そして僕は懲りずに渡に話しかけるのだった。

「バイト何時まで？」

「あと、二時間」

「終わったらメシ食いに行こうよ」

「やだよ」

渡は変わらず僕を疎ましがる。僕は負けじと食い下がる。

そんなやりとりを一週間ほど続け、いい加減なびけよと僕が提示したのは例の本を貸す約束。結局渡は、谷崎潤一郎でようやくつれたのだった。

その日の二十一時過ぎ、近所のファミレスで待ち合わせると、制服からTシャツとジーンズに着替えた渡が現れた。

「これ、さっき話した谷崎」

約束の本を出すと、受け取った渡は何も頼まず、ひと言も口を聞かず席を立とうとするではないか。

「ちょっと、待った！　一緒にメシ食うんじゃなかったの？」

渡はテーブルの脇に突っ立って、不機嫌な顔で舌打ちをする。なんて、わかりやすいヤツだろう。本を借りたら用済みってか？　舌打ちはないだろ、舌打ちは。

僕はむかっ腹を立てながら、それでも友好的に言う。こいつは、友達。僕はそうなりたくて話しかけたんだ。

「本の話とかさ、せっかくだからメシ食いながらしようよ」

すると渡が口の端をきゅっと持ちあげた。皮肉げに微笑んでいる。

「もしかしてさ、あんたって俺と文学青年ごっこがしたいの？」

どきんと僕の心臓が鳴り響いた。何しろ、図星だったからね。

僕は大学には存在し得ない文学を語り合える友人がほしかった。年が近くて価値観が似ているといい。そんな下心で渡に近づいていたわけだ。

答えない僕を見下ろして、渡が嘲笑《ちょうしょう》めいた笑みを見せる。

「そんなことだろうと思ったよ。どうせ、周りのオトモダチに純文学読むヤツがいないんだろ？　理系だもんな、大学。で、図書館のヤツならちょうどいいだろってか？」

「そういうつもりで友達になろうとなんて思ってない」

「どうかな？　友達になるって、お互いメリットがあるかないか、絶対考えるよな？」

そうかもしれない。子どもの頃ならいざ知らず、大学で出会った友人たちの区分は「ゼミが同じ」とか「サークルが同じ」。「仲よくなっておけば、代返してくれそう」なんて理由のヤツもいる。そして、渡に抱いていた気持ちも、確かに〝メリット〟だった。

「白井恒、俺はあんたのお眼鏡には適《かな》わないよ。俺は頭が悪いから本読んでるんだ。それっぽい文学を読んで物を知った気になってるだけなんだよ」

渡が吐き捨てるように言う。周囲のテーブルは空だったけれど、人が見たら明らかに喧嘩《けんか》の構図だ。

「文学愛好家同士の小説語りがしたいなら、他を当たれ」

かちんときた。なんで、こいつはこんな言い方しかできないんだ。そもそも、友達になりたいって思ったのは僕でも、こいつだって本当に嫌なら今日ここに現れなければよかったのだ。もう会いにくるなとメールして、携帯を着信拒否にすればいいだけの話だ。

「おまえだって、僕にメリットがあるから連絡先交換とかしたんだろ？　本借りる気でいたんだろ？」

「あんたが貸してくれるって言うからだよ」

「じゃあ、いいじゃん。お互いギブアンドテイクでさ！」

僕は苛立ち、声を荒らげる。もういいや、はっきり言ってしまおう。

「確かに僕は小説の話ができる相手を探してたよ。渡は僕から読みたい本を借りて、その分、ちょっと文学トークに付き合えよ。それで、お互い満足ってことになるじゃないか。おまえにイッコも損させてないよ？　いいじゃん、付き合えよっ！」

僕の剣幕に、渡が少しだけ気圧《けお》された顔をする。こいつ、何を興奮してるんだ？という表情。たぶん引いてる。

ほんの数秒、僕と渡はテーブルを挟んで睨《にら》み合う格好でいた。やがて、渡が嘆息し、諦めたように席に腰をかけ直す。

「目玉焼きハンバーグとライス」

ぼそっと言うけれど、僕に注文されても困る。どうやら、渡なりに歩み寄っているらしい。

「僕、まだ決まってないんだから、ちょっと待てよ」

僕は慌ててグランドメニューのページをめくる。僕の制止を無視してウェイトレスを呼ぶためのボタンを押し、渡は言った。

「今日のやつ——谷崎のって、どんなの？」

「貸す本の話？　『痴人《ちじん》の愛』ね。若い愛人にのめり込んで振りまわされていく男の話かな。僕は、こういう箱庭感のある話、好きだなぁ。独特の価値観にふたりで沈んでいくっていうか」

「意味、わかんね。抽象的すぎ。頭いいアピール？」

「だって、詳しく話したらネタバレになるだろう」

「そこはうまくかい摘《つま》んで教えてよ」

そんな器用なこと……望むところだからするけれど。


この日をようやくのきっかけとして、渡は週に一、二回、僕から本を借りるようになった。受け渡し場所は、図書館かコンビニ。時間が合えば、帰り道やコーヒーショップで貸した本の感想を渡が披露してくれる。

僕の話に付き合ってくれ、質問すれば打てば響く速度で返してくれる渡との会話は楽しかった。頭が悪いなんて嘘だ。渡は言語の反射神経がよく、作品の読み解き方も丁寧だった。そして、僕がいっそう渡を気に入った理由はそんなところだった。

世間話も徐々にするようになり、僕は渡がひとり暮らしであることや、コンビニのバイトを始めて一年ほどだということを聞いた。自炊はしていないとか、たまに変な客がいるとか、そんな話だ。悪口や愚痴は聞いたこともない。僕は代わりに故郷の話や、大学の話をする。

　きっかけこそ〝文学仲間〟ほしさだった僕だけど、いつの間にか渡本人に友情を感じ始めていた。渡は斜に構え、世の中を冷めた目で見ているようではあったけれど、それはポーズなのではなかろうか。渡は僕の親愛に気づき、少し迷惑そうにしながらも振り払えないでいる様子だった。

＊

　知り合って一ヶ月ほど経った頃。僕は学校からの帰路で自転車を漕《こ》いでいた。僕は自転車を持っていない。その日はもう一度学校に戻る予定があったので、大学の友人から自転車を借りたのだ。

　学校から町場まで自転車で二十分。日差しが強く、国道の側道を走ると田んぼからカエルの鳴き声が絶え間なく聞こえてきた。この地方都市は駅周辺は栄えているけれど、少し離れると田畑が広がり、手賀沼《てがぬま》が見える。四つの市にまたがる長細い形の湖だ。

　道程の半ばで、誰かが先を必死に走っているのが見えた。少ししてそれが見知った男であることに気づく。渡だ。

僕はそっと後ろから近づいた。通り過ぎざまにちりりんとベルを鳴らす。渡が焦った顔でこちらを見て、あ、と表情を変えた。

「どちらへ～？」

僕が並走しながら問うと、渡は顔をしかめながら答えた。走っているからではない。大方、僕の態度をうざったく思ったのだろう。

「バイト」

「間に合うの？」

渡は黙って走る。まあ、間に合うなら走っていないだろうな、と思った。意地悪をやめて、提案してみる。

「乗ってく？　駅前まで行くんだけど」

渡は嫌そうな顔をした。仮にも親切で言っている友人にその態度かよ。僕は唇を尖《とが》らせ、すぐに否定する。

「嫌なら行くよ」

「わかった、頼む」

渡が観念して言った。我が意を得たり、だ。僕は自転車を止め、渡を後ろに乗せた。ふたり乗りなんて、警察に見つかったら怒られるなぁとは思ったけれど。

体力がある方ではない僕に、ふたり乗りは楽ではなかった。幸い、下り坂ばかりだったためスムーズに自転車は進む。近道になるので国道の歩道に出て、大きな橋を通り、大型トラックの巻き起こす風に煽《あお》られながら、僕は一生懸命自転車を漕いだ。額に汗が滲《にじ》んでくる。国道から駅方面に曲がるとすぐに渡のバイト先はある。出勤時刻の五分前にどうにか渡をコンビニ前で降ろすことができた。

「じゃ、頑張れよ！」

「恒、ありがとう！」

走り去ろうとする僕に、彼は後ろから叫んだ。渡のはっきりした声を初めて聞いた気がした。いつもぼそぼそ喋《しゃべ》っているのに、腹から声、出せるじゃん。

「今度、メシおごれよー」

僕は首をねじって叫び返した。

それから五時間後の二十二時、渡からメールがあった。僕は課題をやっていたけれど、珍しい渡からの連絡に携帯を持ちあげた。

『ケーキ食うか？』。たったひと言。なんだそれ。『食う』と返信してみると、『じゃあ、うちのコンビニの前に来い』とのこと。

僕はジャージにTシャツという部屋着のまま、家を出た。渡の勤務先のコンビニまでは徒歩五分。僕の部屋のある路地から出てすぐに、歩いてきた渡と遭遇した。むこうも僕の部屋の方面に歩いてきてくれたようだ。

「ケーキって何？」

「ん」

渡がビニール袋を掲げた。覗《のぞ》くと、コンビニで売っているふたつセットのショートケーキとパックのコーヒーがひとつ入っている。

「これはもしや、今日のお礼？」

「まあな、廃棄品だけど」

「そんなのもらっていいの？」

「内緒で」

渡は無表情に抑揚なく言ったけれど、僕はわくわくと高揚した。人付き合いの悪そうな友人が、わざわざ僕のためにケーキを調達してお礼に来たのだ。

僕は言う。

「な、そこの公園で一緒に食ってけよ」

「え？　ヤダ」

「廃棄品なんだろ？　すぐ食べなきゃマズイじゃん。僕ひとりで二個は食べらんない」

あからさまに面倒な顔をする渡に食い下がると、しばし嫌そうに黙ってから彼は渋々頷いた。

公園は砂利敷きの駐車場の横にあり、ベンチとブランコしかない猫の額ほどの緑地だ。子どもが遊んでいるところなんて見たことがないさびれた場所。僕らはベンチに並んで腰かけ、パックコーヒーと自動販売機で買った缶コーヒーを開け、いちごのショートケーキを食べた。

季節は初夏だった。緑地に街灯はなく暗い。僕らのいた街は駅前から十分も歩けば結構のどかだ。星も僕の田舎ほどじゃないけれど、そこそこに見える。

「そろそろ夏の大三角が見えるかもしれないな」

空を見上げ僕が言うと、渡がこちらを見た。

「なに、星も詳しいの？　おまえ」

「人並み程度しか知らないよ。ほら、あれがおとめ座のスピカ、その上がうしかい座のアルクトゥルス。春の大曲線の一部」

「いや、全然わからない。人並みの基準もわからない」

「北斗七星から探すとわかりやすいんだよ」

星は僕の母が好きだった。僕は小さな頃から星座にまつわる神話を読んでもらったり、星の見つけ方を習ったものだ。うちの田舎に行けば、もっと見えると言うと、渡はふうんと気のない返事をした。

「夜空なんか、ここ何年も見上げたことがなかった。俺は、東京の空しか知らないな。この空よりもう少し星が少ない」

「渡の実家って東京なんだ。どこ？」

なんの気なしに聞いたことで、渡の表情が曇ったのを僕はちゃんと見ていた。だから、まずいことを聞いたかと思いながら、じっと答えを待った。

「……練馬《ねりま》区」

「そうなんだ」

実家の話はやめておこうかな。渡の言葉の重たさにそう決める。それにしたって、ここから一時間少々で練馬区あたりには行けるんじゃなかろうか。どうして渡はこの街でひとり暮らしをしているのだろう。

「なあ、恒」

渡が僕の名を呼んだ。

「どうして俺のこと構うの？」

「構うって……」

「大学に友達いっぱいいるんだろ？　文学の話がしたいからって、見ず知らずの男に声かけるか？　俺、おまえのそういうところが理解不能」

「見ず知らずじゃないじゃん。図書館で会ってるじゃん」

渡が呆れたようにため息をついた。そういうことじゃないんだよ、なんて口の中で呟くのが聞こえる。

「たぶん、俺、おまえが思うようなヤツじゃないよ」

僕が思うようなヤツっていうのはどんなヤツだろう。渡は何を遠まわしに言いたいのだろう。

「僕は、渡と気が合いそうだから声かけただけだし。そこまで何かを期待していないつもりだから、おまえがどんなヤツでもいいけど」

「……とんでもないヤツだったらどうするんだよ」

「はぁ？」

「……犯罪おかして、逃げてるとか」

僕は眉をひそめて、怪訝な顔で彼を見た。口はたぶんへの字になっている。

「えーと、逃亡犯なの？」

「いや、違うけど。ちょっと言ってみただけだけど」

「じゃ、問題なくない？」

僕は答えて、空を見上げた。

春から夏に移り変わる空はどちらの星も見える。デネブ、ベガ、アルタイル。夏の大三角形は空の端っこに昇ってきている。

僕は本当に渡が何者でもよかった。こんな不愛想な男なのに、微妙に「近づくなオーラ」を出してるのに、気になるヤツなのだ。仲よくなりかけているのだから、この関係を続けていきたい。

「秋にさ、しし座流星群がくるらしいよ」

僕が言うと渡は食べ終わったケーキのパックを片づけながら問い返す。

「流れ星がたくさん降るってこと？　地球終わるの？」

「地球にはぶつからないけど、今年はかなりの数が見られるみたいだよ。ほら、街の外れにでかい公園あるじゃん。そこに見に行こうよ」

「秋のことなんかわかんねえし」

渡は僕の提案を馬鹿にしたように口の端で笑うけれど、それは僕ではなく自分に対してバカバカしいと思っているみたいに聞こえた。

「えー、その頃、渡はどこかに引っ越す予定？」

「違うけど」

「それなら、いいじゃん。約束はタダだし」

すると、その時、僕の耳に不思議な声が聞こえた。

――そうだよ。ね、行こう？

その声は軽やかな女性の声だった。子どもではない。僕らと同じくらいの年頃の声だ。渡の向こうから聞こえたように思う。僕は渡の隣に人影を探したが誰もいない。今のは一体。空耳にしては、はっきりと聞こえた。

「渡、今、何か聞こえなかった？」

「は？」

「女の人の声みたいな……」

「星の次は怪談かよ。おまえ、本当に意味不明」

「いや、そうじゃなくてさ」

渡には聞こえなかったみたいだ。なんだろうと思った。幽霊なんか信じる柄じゃなかった僕は、聞こえてきた声を気のせいだと思うことにした。何かの聞き間違いだろう。

しかし、鈴を転がすような声は、いつまでも僕の鼓膜を震わせていた。

僕と渡が少々の友情を育み出したのは、こういう経緯。

第二章　諍《いさか》い

知り合って、ひと月半。相変わらず僕と渡は週に一、二回、本を貸し借りする仲だ。図書館で顔を合わせれば片手をあげて、同じテーブルに着く程度の。

とはいえ、僕の好む所謂《いわゆる》文学トークも渋々ながら応じてくれることもあり、そんな時には、互いにひとり暮らしなので、渡は僕の部屋に遊びに来るようにもなっていた。

大学の友人と遊ぶより、渡といる方が楽だった。渡は口数が少なく、いつも猫背で、僕ともろくに目を合わせない。目立つ薄茶の髪も色味の薄い虹彩も天然だそうで、本人は目立たないように黒くしたいと言っていた。ひたすら地味に影の人生を望む渡は、若い僕にはちょっと格好よく見えた。本当にちょっとだけ。

ほとんどは「もう少し、愛想よくしろよ」とか「斜に構えてんじゃないよ、中二病か」とか思っていたんだけどね。実際、口にも出していたし。渡は「格好なんかつけてないし、俺はこれでいい」なんて、不貞腐《ふてくさ》れていたっけ。

ともかく、その日も渡は僕の部屋にやってきていた。バイトが終わり、二十二時過ぎだったと思う。いつもどおり貸す本を用意して、腹が減っているだろうと焼きうどんを作って出してやる僕は、本当にいい友人だと自画自賛できそうなものだった。

「なにこれ」

「焼きうどん」

「くそまずそう」

確かに具材はもやしとかまぼこだけだし、しょうゆのタイミングがちょっと早くてうどんの一部が焦げていた。しかし、くそまずそうと言われるほどではないんじゃないか？

渡は万事その調子で、いつだって文句のひとつふたつは出てくる。僕もこの頃には結構慣れてきていたので、応戦する。

「文句があるなら、あげませんよ」

「文句じゃないし、食べるし」

「いただきますが聞こえませんよ？」

僕の言うことを無視して、渡は箸《はし》を取った。普段の渡はあまり食事に気を遣っていない様子だったけれど、僕が出すものはなんでもよく食べる。

渡が食べ終わるまで、僕は炭酸飲料を片手にバラエティ番組を見ていた。

いつもどおりどちらもあまり喋らない。蒸し暑い夜で、僕は窓を開けた。柔らかで気持ちのいい夜風が吹き込んでくる。

当時僕の部屋にある気の利いたものはひと組のテーブルで、パイン材のそれはなかなか丈夫で温かみのある色をしていた。僕らは大抵そこに向かい合って座り、テーブルの両側にいて互いに好きなことをしていた。

食後、渡は早速僕の貸した有島武郎《ありしまたけお》の『生まれ出《い》づる悩み』を読み出す。途中何度か手を止めては、僕にわからない漢字を聞いてくる。こういう素直な態度をいつも取ればいいのにと思うけれど、口にするとまた怒るので言わないでおく僕だ。

つけっぱなしになっていたバラエティ番組は、ロケ中心の番組でタレントが街に出て話題のお店に行ってみたり、一般人と絡んでみたりしている。今日の場所は練馬区光《ひかり》が丘《おか》だ。

ふと、僕は思い出して問うた。

「練馬区だって、渡んちはこのへん？」

渡が顔をあげた。眉間に皺《しわ》が寄っていたので、この話題が嫌なのはすぐに思い出した。渡は、家族と仲が悪いのかもしれない。それで、家を出たのかもしれない。

しかし、渡と仲よくなってきている自負のある僕は、今日はもう一歩踏み込んでみようかと悪戯《いたずら》心を出した。

「兄弟とかいるの？　渡のそういう話、聞いたことないよな」

渡は答えない。

「僕はひとりっ子なんだけどさ。兄弟がいればよかったなぁって思うよ。渡は？　兄ちゃんとかいそうに見えるけど」

もう一度、渡を見る。彼はひどく神経質な表情になっていた。僕はぎょっとしたけれど、勢いがついているせいか続けた。

「なんでひとり暮らししてんの？　親御さん寂しいんじゃない？」

渡は低い声で答えた。

「おまえには関係ない」

今までに聞いたことのないくらい低くてドスの利いた声だった。

「その言い方はないんじゃないか」

正直に言えば、渡にすごまれたことが心外だった。たいしたことを聞いていないじゃないか。声が少し大きくなる。

「つーか、秘密主義か何か知らないけど、家族のこと明かせないってなんだよ。ちょっとカッコつけすぎなんじゃないの？」

「黙れよ」

「おまえは親のこと大事とか思わないの？」

その言葉をきっかけに、渡が立ちあがった。

僕はまだ自分の失敗に気がつかずそれを眺めていたけれど、急に渡に肩を掴まれ驚いて顔をあげた。見れば渡は鬼の形相で僕を睨んでいる。

「おまえみたいな……」

渡は一度言葉を切った。軋《きし》むほど歯を噛み締めているのがわかる。必死に怒りを抑えようとしている様子だ。

「金持ちの馬鹿大学生に、俺のこと知る権利なんかねぇんだよ」

「ちょっと聞いただけで、棘《とげ》出すなって。ヤマアラシか、おまえ。面倒くさいな」

茶化《ちゃか》してみようかと思って言ってみたけれど、渡は表情をぴくりとも変えず、ぎりぎりと歯を噛み締めている。そしてその瞳は燃えるような炎を灯し、僕を射る。

「面倒くせぇなら、俺になんか構うなよ……っ！」

怯《ひる》むも挑むも決め兼ねているうちに、渡が膝をテーブルにつき、その手が僕の首にかけられた。そして次の瞬間、彼は僕を両手で締めあげた。

テーブル越しとは思えない力だった。僕は一瞬固まった後、仰天し必死でもがき始めた。首に力を込めたが、渡の指は首の筋肉を縫って、気管や動脈を締めつける。手を外そうと腕に爪を立て応戦したが、その手はびくともしない。

僕と渡の背格好はほとんど変わらない。どちらかといえば僕の方が、多少上背があった。

しかし激昂《げっこう》した渡には敵わなかった。この尋常じゃない力はどこから来ているというのか。

ともかく僕は死に物狂いでもがいた。唇から、かはと息が漏れ、それ以上空気を吸えないことに恐怖が湧いてくる。ぼおという妙な耳鳴りが聞こえ出した。視界がちかちかと危険信号のように色を変え、机に乗り、見下ろしてくる渡の顔が霞《かす》んだ。

殺されるかもしれない。渡にこのまま殺されるかもしれない。すると、僕の耳に怒鳴り声のような甲高い叫びが聞こえた。

――――渡！　やめて!!

それはすぐ真横から聞こえた。

誰だ？　この家には僕と渡しかいない。一体誰だ？

渡は聞こえていないのか、依然正気を手放した瞳で僕を射抜き、凄まじい力で僕を締めあげる。しかし、声は僕の耳鳴りを吹き飛ばしてくれた。

僕は締められながらも覚醒《かくせい》する。生存への本能のままに、僕は渡の腕を掴むのをやめ、机に残っていた炭酸飲料のペットボトルを掴み床にたたきつけた。

ペットボトルの底がフローリングにぶつかりひしゃげる。次にぷしゅうと音が響き、飛沫《しぶき》が噴き出し舞い散った。

渡が一瞬手の力を緩めた。その隙に渾身《こんしん》の力で渡を突き飛ばした。がたがたとけたたましい音を立て、僕と渡はテーブルのむこうとこっちに転がった。

ようやく空気が体内に入ってくる。四つん這いの体で喘《あえ》ぐと、酸素がすごい勢いで脳や身体の末端を満たしていく感覚がした。

のろのろと渡が立ちあがるのが視界の隅に見える。僕はあまりのことに混乱していたけれど、自分に殺意を向けた友人をそれでも真っ直ぐに見上げた。

恐怖や怒りより先に、信じられなかった。渡が……ではなく、今自分の身に起こったことが。今この空間が異次元のように思われた。

テレビではまだバラエティ番組が続いている。タレントの笑い声がぞっとするほど仰々しく響く。

渡は信じられないという面持ちで僕を見下ろしていた。表情に乏しい渡が、僕の顔を怖いものでも見るかのように凝視している。殺意を向けたのはおまえなのに、なんでそんな顔をするんだ。

しかし、目が合ったのは一瞬。渡は顔をそらすと、大きな足音を立ててアパートを飛び出していった。曲がった鉄砲玉のように。宮沢賢治の詩が浮かぶ。

わたくしはまがつたてつぽうだまのやうに
このくらいみぞれのなかに飛びだした

『永訣《えいけつ》の朝』、だ。

僕は混乱の只中で考えた。耳に残った女性の声は、以前星空の下で聞いた声に似ていた気もしたが、心はとてもそこまで考える余裕を持っていなかった。

＊

その夜を境に渡は僕の元に来なくなった。図書館に行っても姿が見えない。バイト先のコンビニは近所だし、行けば会えることは知っていたけれど、そこまで行くべきか心は定まらなかった。

思い出すのは、渡の腕の強さ。長い指がためらいもなく僕の首を締めあげた。平常、渡は端整な顔立ちをしていたが、あの一瞬は尋常ではない怒りで悪鬼《あっき》のごとく見えた。

かつて他人にあれほどの激情を示されたことがあったたか。いや、あるはずない。僕は温厚な人間だし、今までの人生に喧嘩や諍いなんて縁がなかった。とはいえ、このまま渡と疎遠になっていくのは嫌だ。あの不可解な怒りのわけを知りたい。家族について、相当嫌な想いがあり、そこを無神経についてしまった僕にも問題があるのかもしれない。それなら、きちんと謝りたい。

渡との居心地のいい友情を取り戻したかった。こんな後味の悪い終わりは嫌だ。

しかしながら決定的な勇気が足らず、僕は渡に会いに行くのをずるずると先延ばしにしていった。

渡と会わなくなると、僕は以前より本を読まなくなった。張り合いがなくなってしまい、そんな自分の変化に戸惑いを感じた。渡と会う前は、本とはひとりで楽しむものだったのに。

今まで渡と本の貸し借りで会っていた時間が空き、暇もあってか大学の友人とぶらつくことが増えた。サークルの仲間がほとんどで、一緒にファミレスに行ったり、カラオケに行ったり。夜は先輩たちの飲み会の隅に参加させてもらうこともあった。


例の事件から一週間ほど経って、その日僕はサークル仲間と飲み会の帰り道で連れ立って歩いていた。結構真面目な僕は、飲み会というものに参加してもジュースを飲むことにしている。ノリが悪いと言われても、法律をおかしてまで飲んで、仮に面倒事に巻き込まれるようなことになっても嫌だったし、どうせ後一年もすれば飲める年齢になる。だから、十九歳の今、さして飲みたいとも思わなかったのだ。もっと言えば、僕の父はあまり酒が強くない。僕もおそらくは弱い方だろうと、飲む前から推測し敬遠していたのだ。

一浪している友人はすでに二十歳を超えていて、先輩と随分飲んだため、足元が覚束なくなっている。僕は彼に肩を貸し、のろのろと大学の寮まで送り届けるところだった。

ふらふらと歩き、時に奇声を発して笑い出す友人は厄介な荷物だ。アルコールって恐ろしいな。早く運んでしまおう。

「白井……喉渇《うめ》いた」

友人が肩で呻いた。

「家に何もないのかよ」

「水はあるけど、お茶が飲みたい」

酔っ払いの友人が小さな声で答える。

僕は顔をあげた。目の前には渡が勤めるコンビニがある。近くに自動販売機はないから、お茶を買うならあそこだ。

どうしようか、今、渡はいるだろうか。ちょうどいいじゃないか。渡がいるなら顔を見せて、ついでに言えばいい。この前のことは気にしていない。何か怒らせたなら謝る。また、話をしよう。

……なんて、そんなに簡単に言えたら苦労はしないよな。

僕は考えてから、ぎくりと立ち止まった。視界には、コンビニの外に備えつけられたゴミ箱を片づけている渡の背中が映ったのだ。

友人に肩を貸したまま、僕はその場に立ち尽くす。渡までの距離はほんの十メートル。彼がこちらを振り向けば、僕のことは視界に入る。

落ち着け、気まずいのは一方的な暴力を振るったあいつの方だ。僕が気まずく思う理由はない。それとも、僕はあいつが怖いのか？　首を絞められたことに、恐怖しているのか？　そんなことはない。絶対にない。……怖くなんか思ってない。

ゴミ袋を持った渡がすっくと立ちあがった。振り向くと、無表情で僕を見つめる。まるで、僕がそこにいることを随分前から知っていたみたいだ。

「安心しろよ」

渡は僕に聞こえるような声で言った。

「もう、関わんねぇから」

それだけ言うと、渡はコンビニの横の路地に入っていってしまう。ゴミ捨てに行くのだろうか。

渡に悟られた。僕がわずかでも彼に感じていた恐怖心を。

その瞬間、僕の頬は熱くなり、激しい羞恥心《しゅうち》を感じた。次に、異常な反発心が湧いてくる。

渡が怖い？　そんなことない。おまえなんかに脅されたくらいで僕は怯まないぞ。だいたい、僕らは対等だ。力が強い者が上だなんて、小学生の論理より陳腐じゃないか。

友人は僕の肩に寄りかかって、立ったままほとんど眠っていた。今のやりとりも聞こえていないだろう。僕は友人を小突いて起こすと、お茶を買うことはやめて、彼を部屋に送り届けた。

＊

半月近くが経ち、カレンダーは七月に変わってしまった。僕はまだ渡に会いに行けずにいた。時間を置けば置くほど、会いづらくなることはわかっていた。でも、僕にはまだ渡に言う言葉がまとまっていない。あれこれ理由をつけて、僕はあいつとうまく仲直りする自信がなかったのだ。

そうしたある日、僕のクラスメイトが事故にあった。バイクでの自損事故で、本人は足を折っただけだったけれど入院が必要らしい。親しい友人だったので、他にふたり友達を伴って見舞いに行くことにしたのだ。

梅雨の合間、快晴の日曜日。西武池袋線《せいぶいけぶくろ》のある駅に降りると駅前の花壇で紫陽花《あじさい》が眩しそうにしていた。

駅から近い割に大規模な病院の三階で当の友人はピンピンしていた。ベッドに寝てはいたものの、他はいつもどおりでしきりに「暇だ、暇だ」と言う。いくつかテストが受けられないので、今年の単位は絶望だ、とため息をついていた。見舞いの品と言って漫画雑誌やら講義のノートやらを渡すと喜んでくれた。

「大学一年の夏に怪我《けが》で入院とか、最悪だよ」

しょんぼりと肩を落とす友人の気を紛らせようと聞いてみる。

「可愛《かわい》い看護師とかいないの？」

「駄目、この病棟にはいない。内科には若くて可愛い看護師が多いって噂だけど。っていうか、病院に出会い求めねえから、早く退院させてくれ」

気持ちはわかるけれど僕らに言われても、と肩をすくめるばかりだ。

午後の診察まで友人と過ごし、病室を出たのは十四時過ぎ。

「なんだ全然元気じゃないか、あいつ」

他のふたりと話しながらエレベーターを降り、ロビーを抜けようとした時、僕はそこで見知った男を見つけた。

「あ……」

「白井、どうした？」

受付の前を歩いていくのは他ならぬ遠坂渡だった。なんでこんなところにいるんだ。渡本人の通院だろうか？　いや、それなら近所の病院で済むんじゃなかろうか。それなら、お見舞い？　家族や友人が入院しているとか？

このあたりは、駅名からも渡の実家の近くだと思う。思わぬところで友人を見た驚きと、それが渡であることへの好奇心。そう、ちょっとした好奇心だった。

渡に対して優位に立とうと思ったわけではない。しかし、渡の奇妙な行動について理由の一端でもわかるかもしれない。僕には「知る権利」があるはずだ。

僕は友人たちに向き直り、言った。

「ごめん、病室に忘れ物したかも」

「え？　待っててやるから取ってこいよ」

「あー、先帰ってて。トイレも寄りたいしさ」

友人たちには先に帰ってもらった。僕は見つからないように足音を忍ばせ、渡を追う。渡はロビー奥の階段を上り出した。階段は人気《ひとけ》がなく、僕は渡の足音を頼りにそこそこと上階へ上った。

階段は踊り場の窓からの日差しのせいか、冷房があまり効かず暑かった。結構上ったけれど、渡は歩みを止めない。エレベーターを使えばいいのに。そう思いながら黙々と足を持ちあげ続けた。

たっぷり距離をおいて七階に到着すると、急いで壁に張りつく。廊下を見渡し、渡が突き当たりの右の病室に入るのを確認した。

そっと近づく。七階のフロアはしんと静まり返っていた。どのドアも堅く閉ざされ、他に見舞い客はいない。まるでこの場所だけ海底に沈んでいる遺跡か何かのようだった。ひんやりと停滞した空気に、一転寒気を覚える。渡が入った部屋のドアはうっすら隙間が開いていて、僕は恐る恐る室内を覗いた。

後になってみれば下品なことをしたなと思う。友人の後をつけて、プライベートを覗き込んでいたわけだから。しかし、この時は渡の秘密を探ることに夢中で、そんなことまで頭がまわらなかった。


ドアの隙間から目を凝らすと、映ったのは狭い個室だった。中央にベッドがあり、周囲には何やら機械の類いが並んでいた。並んだ無機物が立てる音は静かで、点滴が落ちるかすかな振動まで聞こえてきそうだ。

ベッドに寝ている人がいる。子どもだろうか。いや、違う。女性だ。

正直に告白するなら、僕はその女性に見とれた。ふわふわと柔らかそうにベッドに広がる髪はダークブラウン。伏せられた目が大きいことは離れた距離でもわかる。酸素マスクに遮られて見えないけれど、鼻梁《びりょう》が高いことも確認できる。

年は僕らより若そうだ。眠っているようにも死んでいるようにも見えた。ひどく痩《や》せた腕から伸びる点滴の雫《しずく》だけが動いている。

綺麗だ。顔立ちもそうだけれど、雰囲気があまりに静かで清らかだった。もし彼女が死に瀕《ひん》しているとしたら、そんな言い草はとても失礼だろうと思う。それでも、ものすごく綺麗な女性が眠っていることは事実だった。

白雪姫ってこんな感じで棺の中にいたのかもしれない。そりゃ、王子だって放っておけないよな。そんなロマンチックすぎる想像が浮かび、僕は無性に恥ずかしくなる。ベッドの横には渡が寄り添うように立っていた。その顔を見て、僕の浮かれた気持ちが一瞬にして吹っ飛んだ。肝が冷えた。渡はぞっとするほど何もない表情をしていた。空っぽの表情……それ以外に形容ができない。見てはいけない光景だったのだ。

僕はここにきてようやく、渡の後をつけたことを後悔した。渡の内側を覗いてしまった。それは暗く深いがらんどうだ。

「何か御用ですか」

不意に背後から声をかけられ、死んでしまうかと思うほど驚いた。

振り向くとそこには背の高い男が立っていた。僕は身長が百七十八センチあるけれど、その男は優に十センチは高いように見え、がっしりとした頑健な骨格をしている。年の頃は二十代後半だろうか。彫りの深い顔立ちを険しく歪め、僕を怪しんでいることは明らかだ。

何も答えられずにいると、彼は僕を頭から足までじろじろと眺め、結局何も言わずに僕を除《よ》けてドアを開けた。

僕はすでに罪悪感で胸をいっぱいにしていたので、それ以上はろくに動くこともできず木偶《でく》のように立ち尽くす。病室の入り口で男が顔色をなくすのを真横で見ていた。

「なにやってんだ！　貴様！」

男の割れんばかりの怒声が響いた。渡が弾かれたように振り返る。渡の目には、僕と僕の横にいる体格のいい男がいっぺんに映ったことだろう。僕らを交互に見て、渡がさっと顔色を変えた。唇が何か言いかけて、言葉にならずに結ばれる。

すると、横の男が動いた。ずかずかと病室に入っていき、渡のシャツの襟首を掴むと、片手で吊りあげたのだ。細身とはいえ渡は成人男性体型だ。その渡を簡単に吊りあげる男に驚いたのは僕の方で、慌てて病室に飛び込むと、男の手に飛びついた。

「やめてください！　暴力はいけないです！」

必死だった。男の形相が渡を確実に害すであろうことを語っていたからだ。驚いた様子の男が、僕を見やる。

拘束が緩んだのかもしれない。渡が男の腕を振り払った。険しい表情の渡は顔を伏せ、逃げるように早足で病室を出ていった。僕の横を通り過ぎる時、ちらりとこちらを見たけれど何も言わなかった。

「この人殺し！　クズ野郎が！」

男は廊下に飛び出してがなった。渡の背中に狂ったように罵声《ばせい》を浴びせる。

「今度ここへ薄汚い面《つら》を見せてみろ！　その時は俺がおまえを殺してやる！」

僕は病室に侵入した格好で取り残されていた。

渡を追わなければ。慌てて廊下へ走り出ると、男にいきなり肩を掴まれた。おののいて自分より上にある男の顔を見上げる。

「きみは渡の友達か？」

僕はかすかに頷いた。男の向こうにベッドが見える。綺麗な女性は静かに静かに時を止めている。

僕を覗き込んだ男は、ほんの数秒前まで怒りをぶちまけていたとは思えないほど落ち着いていて、穏やかな調子で言った。

「悪いことは言わない。遠坂渡と付き合うのはやめなさい」

その様子は紳士的でいっそ友好的ですらあった。男の豹変《ひょうへん》は恐ろしいくらいで、僕は大人の諭すような物言いに圧倒された。何も言えずにいるうちに男は病室のドアを僕の眼前でぴしゃりと閉めた。

廊下にひとりになった僕は、エレベーターでロビーに降りた。階段や玄関、駅までの道を探したけれど、すでに渡はどこにもいなかった。

＊

それから二日経った雨の夜、僕は渡に会いに行った。渡の仕事あがりの時間に合わせて、深夜にバイト先のコンビニを訪れると、彼は青い制服を着てまだ仕事中だった。傘をたたんで入ってきた僕を見て、表情こそ変えなかったけれど、内心はさぞ困惑していただろう。

十五分ほど店内で待った。渡は着替えて、雑誌を読んでいた僕の横にごく当たり前のようにやってきた。逃げることも避けることもできたのに、しなかった。

どちらが促すでもなく、コンビニを出る。ぽんと音を立てビニール傘を開き、渡を見やると、彼は先に歩き出していた。僕を置いていくつもりはないようで、歩調はゆっくりだ。

僕たちは雨の中をどこへ行くともなく、無言で歩く。七月だけど気温の低い夜で次第に身体が冷えてきた。

近くのファミリーレストランに入り、焙煎《ばいせん》のきついコーヒーを飲む。

「ごめん」

僕が思い切って謝罪を口にすると、渡は心底不思議そうに問い返した。

「何が？」

「色々とだけど、一番は渡のことを病院で見つけて、後をつけたこと」

渡はずっと僕と目を合わせない。いったんコーヒーを口元に運んだものの、飲まずにカップを下ろしてしまう。

「謝るのは俺の方だと思わない？」

「へぇ？」

「おまえの首絞めて、ぶっ殺そうとしたの、俺だよ」

僕は思い出したように、バッグから文庫本を取り出した。あの晩、渡が飛び出していってしまったため貸しそびれていたものだ。

「幸い、死んでない。あとこれ、忘れてった本。あらためて貸す」

「おまえ、ホント話の流れ意味不明だよな。マイペースすぎるだろ」

渡が毒気を抜かれたように弱々しく笑った。

ああ、鍵が開いたかも。閉じて塞いでいた渡の心の扉。僕は渡のことを真っ直ぐ見つめた。

「あの時は、渡だけのせいじゃない。僕が無神経だった部分もあると思う」

渡は僕の見解を気まずそうに聞いていた。たぶん、悪いのは自分だと思っているのだろう。

「今日、病院で後をつけたこと、本当に悪かった。ごめん。この前の夜の件と、今日のこれでおあいこってことに……なるかな」

「さあ、なるんじゃやねぇ？」

渡は謝らなかったし怒らなかった。なんにしてもすべてもう済んだこと、といった顔をして、僕のさし出した本を制服が覗くトートバッグにしまう。でも、彼がほっと胸を撫《な》で下ろした様子なのは、なんとなく感じられた。彼もまた僕との和解を望んでくれていたのだろうか。

お代わり無料のコーヒーを持ったウェイトレスを呼び止め、そのウェイトレスが僕たちのカップにコーヒーを注いで立ち去ると、ようやく渡は口を開いた。

「あねなんだ」

「あね？」

よく意味が通じず聞き返す。渡はもう一度丁寧に答えた。

「俺の義理の姉なんだ。あそこにいたのは」

あそこ……病院で眠っていたのは渡の義姉なのか。

僕はただ頷いた。そして渡も、それきり何も言わなかった。

店内は明るく騒がしかったけれど、僕らの耳に喧騒は聞こえない。窓の外を眺め、雨音を聞いていた。

第三章　見舞い

コーヒーを飲んだ雨の夜以来、僕と渡の交友は元に戻った。むしろ前より少しだけ、距離が近づいたかもしれない。渡は相変わらずうちにやってきては本ばかり読んでいたし、僕はテスト期間が始まり、渡が来ても勉強ばかりしていた。マイペースで過ごす空間は居心地よく、僕は渡が以前よりリラックスして過ごしていることを感じていた。

とはいえ、結局のところ渡のことはほとんど知らないままだった。病院に義理の姉がいること、彼を『人殺し』『クズ野郎』と罵《のの》った男のこと。彼が複雑な何かに絡めとられているのは察せられたけれど、それ以上追及はできなかった。渡が話す気がない以上、僕は聞かない方がいいのかもしれない。

この頃、僕は初めて渡の家に行った。木造のおんぼろアパートで、最寄り駅は一緒だけれど駅から二十分も歩かなければならない。利点があるとすれば、近くに美味い定食屋とラーメン屋があることくらい。これらを利用するため、渡の家にはよく行った。定食屋で夕飯を済ませた後は、たいていなんにもない渡の部屋で、だらだらと過ごした。また、ふたりとも無言で互いに干渉せず、それぞれ本を読んでいるなんて時間もあった。不思議と気詰まりでなく、図書館で出会った僕らには自然なひと時だった。

外に出ることも増え、僕たちは映画を見たりビリヤードをしたり、ふたりの手持ちの額で無理のない範囲で遊びを楽しんだ。

田舎生まれの僕に、街は大遊技場だった。なんでもあったし、見るものすべてが新しく楽しく思えた。渡は東京の生まれだったけれど、僕と一緒になってひとつひとつの経験を楽しんだ。どちらかと言えば、渡の方が世間やそこでの遊び方を知らなかったかもしれない。

彼は外見こそは当世風な若者スタイルで、様々な経験をすでにひととおりさらったように見えた。しかし実際は、カラオケにもボーリングにも行ったことがなく、ビリヤードはキューの持ち方すら知らなかった。僕たちは課題に挑むみたいに、少しずつ遊びをこなしていった。

本の貸し借りは続いていて、どちらかの部屋で読んだ本の感想を言い合うこともあった。同じ近代文学が好きと言っても僕と渡には多少好みに差があり、意見はよく割れた。僕が自論を主張すると、渡が偉そうに覆す意見を言ってくる。

「だから、この時点で主人公の気持ちにはすでに変化があったんだよ」

「裏切りには変わりないじゃん。理由を俺にもわかるように簡単に言えよ」

「主人公はヒロインに貞淑であることを求めたんだよ。日本人的な価値観であると読み取れるだろ？　作者の意図だ」

「作者の気持ちなんか、なんで恒がわかるんだよ。『ヒロインに飽きた』っていう理由をまわりくどく、格好つけて説明しただけだろ」

お互いがお互いを言いくるめようとするから、どちらも必死だ。無口な渡がこの時はよく喋った。幾分、喧嘩腰ではあったけれど、僕の『文学を語り合いたい』という欲求はこの時期に叶《かな》っていたと言える。

行きつけの図書館は、前ほど頻繁ではないにしても利用していた。僕がテスト勉強やレポートを始めると、たいてい渡は向かいで本を読んでいた。文庫やら雑誌やら図鑑やらを眺め、飽きると僕にちょっかいを出してくる。レポート用紙の隅に落書きをしたり、テキストをめくって「こんなのわかるのか?」と馬鹿にする。

「わからなくてもやるんだよ」

僕がそう答えると、「学生は不憫《ふびん》だなァ」と嘲笑が返ってきた。

大学生がどういうものか知らないくせに、上から馬鹿にする渡。それなら、大学というものを見せてやろう。ある時、僕はふと思い立って言った。

「明日、僕と大学の講義に出ようよ」

「え、やだよ」

即答された。僕はめげずに言い募る。

「学生の不憫さを思い知らせてやる。九十分座ってるだけで、結構だるいから。試してみろ」

「いやだって。そもそも大学ってそんなに簡単に紛れ込めるもんなのかよ」

「うん、割と」

今はどうか知らないけれど、当時の大学は結構緩かった。出席カードを出すだけの講義がほとんどで、聴講生が紛れていても誰も気にしないし、気づかない。

「それにさ、渡が将来大学に行きたいって思った時、どんなところか見ておくのはいいんじゃない？」

渡が一転、表情を変えた。もともと陰気な表情をさらに暗い笑みに歪める。

「行かねえ、大学なんて」

「お金の問題なら、奨学金もあるし」

「そういう問題じゃなくて。行ってどうするんだって話」

「好きな勉強できるよ。渡なら文学部なんてどうだよ。今読んでる近代文学を専攻してさ」

「意味ない」

また、そういう影のある男アピールか！　僕は苛々と言う。

「じゃー、特に意味のない社会科見学的な感じでついてきたら？　うちの学食、うまいよ。おごるよ」

「学食は興味ある」

よし、つれた。だんだん渡の操縦法がわかってきた気がする。

翌日、僕は渡と通学用のバスに乗り、バスで十五分の大学に到着した。夕方からバイトだという渡のために一限の授業に合わせてやってきた。

一般教養の英語の授業だ。これなら中高の授業の延長だし、まったく意味不明ではない分、受講しやすいかなと思ったのだ。そもそもテストが始まっているクラスも多く、それしか選べなかったのだけど。小さい教室なので、大学らしい階段状の大講堂ではないのも残念だ。せっかくだから、いかにも大学という雰囲気を感じてもらいたかったのに。

「白井、おはよー」

「今日サークル出る？」

サークルが一緒の友人が声をかけてくると、渡の表情が緊張するのがわかった。

僕は渡を背に庇《かば》うように立つと、答えた。

「おはよ。今日は用あるから駄目だ。先輩に言っといて」

「最近、付き合いわりーぞー」

「ごめんごめん。単位やばいからさ」

友人が行ってしまうと、僕は渡に振り向いた。

「付き合いの悪い白井くん……」

　渡が皮肉げに顔を歪めて笑う。大方、「俺なんかと遊んでばっかりいるからだ」と卑屈に思っているんだろうな。

「まあ、渡と遊んだ方が楽しいしね」

　僕の答えに渡がぶすっと眉間に皺を寄せる。たぶん、照れている。突っ込めば怒るだろうから知らん顔しておくけれど。

「知らないヤツばかりだろうけど、緊張しないでいいって。誰も渡のこと気にしてないから」

「してないし、緊張とか」

　真顔で強がる渡がおかしくて、僕は笑いを噛み殺した。笑っても、たぶん渡は怒る。

　英語の講義は高校の延長くらい簡単な内容で、僕は渡との真ん中にテキストを置き、適当に板書を写したり、携帯をいじったりしていた。

　意外にも渡は真剣に講義を聞いている。それっぽく見えるようにと、渡の前にもノートは置いてみたけれど、シャープペンシルを持たせたらそのまま板書を書き写しそうだ。講義の間中、渡は身じろぎひとつせずに、集中して聞いていた。

「楽しかった」

　九十分の講義を終え、約束どおり学食で早めの昼食を摂っていると、渡が感想を言う。ミックスフライ定食に箸もつけずに、ぼんやりしている。滅多にない体験の余韻に浸っているみたいだ。

「え？　ああ、ホント？　それならいいんだけど」

最初の予想だと、椅子《いす》が硬くて尻が痛くなったとか、退屈だったとか言われると思ったのに。僕は面食らった。

「文法的にはこうだけど、ネイティブはこう、スラングだとこう……みたいなこと言ってたじゃん。ああいうことも教えてくれるんだ」

「まあ、教授にもよると思うけど、結構どの教授も無駄話は入れてくるよね」

「そっかぁ」

渡は子どもじみた表情で、素直に感心している。

渡は高校を中退したと言っていた。でも渡には知りたいという欲求があるのではないだろうか。無心に本を読み続けるのも、知りたいという欲求の現れだ。どういった経緯でかはわからないけれど、学ぶ機会を途中で失った渡だからこそ、きっと僕ら大学生なんかより、ずっと学びたいのかもしれない。

途端にチャラチャラと遊んでばかりの大学生活が申し訳なくなった。学費を出してくれている両親にも、目の前の渡にも。

「渡、やっぱり大検とってさ、来年受験を考えたら？」

僕は親切心というかお節介心を出して提案してみる。渡は案の定、目を眇《すが》めた呆れ顔で答えた。

「やだよ、意味ねぇもん」

意味はある。渡はもっと学べる。だけど、渡自身が意味を見出せないなら僕が無理強いはできない。

「まあ、気が変わったら言ってよ。受験勉強、付き合うよ」

＊

この頃の僕の心にはあることが引っかかっていた。渡と仲よくなればなるほど、彼のバックグラウンドの不明瞭さに興味が行く。先日楽しそうに大学の講義を聴いていた渡のことを思うと、詮索はしたくないと思いつつ、もう少し彼の生活は変革ができるのではないかと思うのだ。

お節介精神だという自覚はある。渡は喜ばない。でも、彼が親元から離れ、アルバイト生活をする理由が、僕にはまったく見えなかった。ただなんとなくひとり暮らしをしたかった若者ではない。家族といづらい理由があって、この生活に逃げているのだとしたら……。

「あのさぁ、おまえのお姉さんに会いに行かない？」

その日の夜は、ふたりとも特に予定がなく、僕の部屋にいた。何を言うつもりもなかったのに、気づけば僕はそんなことを言っていた。

僕の頭には、一度だけ見たベッドの上の女性が浮かんでいた。この世のものとは思えない静けさを持った渡の義姉は、海底の遺跡で眠っている。

「は？」

「お見舞い、行こうよ」

なんでこんなことを言ってしまったのだろうと思いながら、どこかで納得する。渡が両親と不仲な理由に病気の義姉のことがあるとしたら、そこを改善してみるのは手じゃないか？　そんなことを思ったのだ。

自分で納得すると、頭は回転するもので、僕は渡にたたみかける。

「お姉さんのお見舞い、実はしょっちゅう行ってたんだろ？」

渡は押し黙る。図星みたいだ。眉をひそめ、随分言いよどんでから、渡はようやく唇を開いた。

「深空《みそら》……義姉はもうかれこれ三年寝たきりだ。意識が戻らない。だから、俺が顔を見せてもわからない」

「深空さんって言うんだ」

彼女の名前を初めて聞き、それを知ることができたことにかすかな喜びを感じる。

「それに、また、面倒事になるのは目に見えてるさ」

渡が言い、僕は渡を吊りあげた男性の姿が浮かんだ。

「あの人は……？」

「深空の兄貴。俺とは血がつながってない」

確か渡は深空を義理の姉だと言った。詳しくは聞けないでいるけれど、渡の嫌がる家庭の事情が関係していることは間違いない。

「あの男は啓治《けいじ》って言うんだ。……あいつは、俺のせいで深空がああなったから、俺のことを殺したいくらい憎んでる」

『俺のせいで』……その言葉に引っかからなかったわけではないけれど、本人が言わない以上は聞けない。

僕は取りなすように言う。

「僕が一緒なら、大丈夫だよ。見張りに立ってもいいし、もし乱暴なことをされそうになったら止めに入るよ」

「頼りにならねぇ～」

渡が馬鹿にしたような半目で、口を横に引く。

「この前、ちゃんと間に入っただろ？　確かに腕っ節で敵《かな》いそうな気配はゼロだけど！」

　どんな理由があったって、兄弟のお見舞いに行けないなんておかしいじゃないか。

「お姉さんの具合はわからないけど、渡が顔を見せることが、元気になる近道かもしれないじゃないか」

「深空は、たぶん俺が行っても喜ばない……それはわかる」

　渡は投げ捨てるような口調で言う。

　それなら、なんでおまえはこっそり見舞いに行ってたんだよ、おまえ自身が行きたかったからだろう？　はっきり言えばいいのに。

　そんな渡の卑屈が嫌で、僕はいっそう声を張った。

「そんなことないと思うよ。知ってる？　脳梗塞《のうこうそく》とかを起こして意識不明になった人でも、家族の声には反応を示すんだよ。渡がお見舞いに行くのには意味がある」

　渡は僕の言葉にしばらく黙っていた。

　僕は沈黙を守りながら、考えた。渡のため。お義姉さんのため。そんなことを言いながら、僕のためという可能性はないか？

　……そこまで考え至り、僕はどきりと胸を押さえた。

　僕の中には確かにある。彼女にもう一度会ってみたい。病室の眠り姫の顔をできるならもう少し近くで見てみたい。そんな下心。

「渡」

さすがにしびれを切らして彼の名を呼ぶと、僕の背後から大きな声が聞こえた。

――いい加減、はっきり決めなさい。男らしくないわよ！

心臓が止まりそうになった。あまりに大きく響く女性の声が僕の耳にこだました。

それは過去二度聞いた女性の声だ。

僕はとうとう頭がどうかしてしまったのだろうか。だって、この部屋には僕と渡しかいないし、テレビでも外の音でもないことは間違いなかったからだ。

何より、これほどの大きな声に、渡が一切反応をしていない。それは、僕にしか聞こえていないということではないか。僕がひとり、狼狽《ろうばい》していると、渡はようやく口を開いた。

「そうだな、平日の昼間なら、家族には会わずに済むと思う」

渡は心を決めたというより、僕の誘いを免罪符にしたいようだった。

「うん、僕も行くから」

僕は妙な声に驚きつつも、渡が頷いたことに頷き返し、同行を約束した。

見舞いは翌々日と決めた。僕は妙に緊張して、服を選んだり、お見舞いの花を手配したりした。渡の話からすれば、彼女は眠っていて目覚めない。それがどんな容体かはわからなくても、病院に行くのに身だしなみを整える意味はないのだ。

それでも、僕にとってこの見舞いはちょっと特別なイベントに思える。渡のプライベートに少し近づけること、渡の美しい義姉に会えること。

同時に、僕には彼女に会って確認したいことがあった。というのも、僕の頭にはこ最近の妙な声がこびりついている。女の人の声だ。よく通る愛らしい声で、その声は三回とも渡に呼びかけるように発せられている。

しかし、渡には聞こえていないとしか思えない。反応するのは僕だけだから、聞こえているのは僕なのだ。僕はファンタジーやSFには興味がない。妙な声が聞こえるなんて相当おかしくなっていると不安になる。初めてのひとり暮らしに疲れていて、幻聴を聞いている可能性が大だ。だけど、万が一、この声が彼女のものだったら。

渡の眠り続ける義姉のものだったら。彼女の顔を見て、何がわかるわけでもないと思う。でも、会ってみたい。遠坂深空に会ってみたい。会ったら変わるかもしれない。

見舞い当日。午前中の早い時間に待ち合わせ、ふたりで電車に乗り、病院に向かう。最寄り駅からは、常磐線《じょうばん》と山手線《やまのて》、西武池袋線を乗り継いで行った先だ。ちょうど通勤ラッシュと重なってしまい、日暮里《にっぽり》までの常磐線も、山手線内もぎゅうぎゅうに混雑していた。

普段、通勤電車になど乗らない僕らはすっかりくたびれはて、余分に時間はかかるものの確実に座れそうな各停で行くことにした。

下り電車になった瞬間に車内はがらがらに空き、僕らはようやく息をつくことができた。

渡が文庫本を取り出す。

「それ何？」

「太宰、『走れメロス』」

「意外。もうとっくに読んでるかと思ってた」

渡を最初に見かけた頃、彼は芥川や太宰ばかりを読んでいたように見えた。それを思い出す。

「好きだから、何度も読み返してる。おまえ、そういうのない？」

「ある。僕は夏目漱石の『こころ』」

「はっ、さすがエセ文学青年」

「言い方あるだろ、感じワル」

渡が文庫の表紙を手で撫でる。愛着のある様子に、やはり渡が本を愛していることを感じ、僕の方が嬉しくなった。

「メロスは偉いよな」

ふと呟かれた言葉が耳に残って、僕は渡の顔を見る。渡が自分からこんな話を振ってくるのは稀《まれ》だ。

「なんで？」

「最後までやりきったから」

なんとも単純な回答だけど、何か真理をついていそうだった。僕は茶々を入れず、渡の言葉の続きを待つ。

「メロスは、一度走るのやめただろう？　でもまたちゃんと走り出した。すごい、俺にはできない。俺はきっと途中でやめちまう」

どうも、渡は素直に本心で喋っているようだった。いつもシニカルに笑う渡にしては、珍しい称賛。

さらに珍しいことに渡が聞き返してきた。

「おまえだったら、どうする？」

「え？」

「立ち止まってしまって、そこからもう一度走れる？」

「僕も……やめちゃうかもなぁ」

渡は僕の回答に安心したような、寂しいような顔をしていた。

「みんなそんなもんかな」

渡の静かな瞳が伏せられた。

どうしてそんなに孤独な顔をするのだろう。渡の心の中には空《うつ》ろな部分があって、どうしてもその穴の底が見えない。僕はかすかに苛立って言った。

「途中でやめたらさ、また日を改めてでも仕切り直してでも始めればいいと思うんだよね」

渡がきょとんと僕の顔を見る。

「なあ、恒。それじゃ、セリヌンティウスは死ぬぞ」

「う……」

確かにメロスに置き替えたら、そうなってしまう。メロスが戻る約束は日没までなのだから、翌日では親友は殺された後だ。

「んー、つまりさ。メロスほど真摯《しんし》で情熱的には走れないけれど、僕ら一般人にだって諦めないことはできるんじゃない？　休んだり、投げ出したりしても、時間かかっても、取り返しがつかなくなっても、『諦めない』って選択はできるだろ」

僕が必死に説明している間、渡は肩を揺らして笑っていた。どうやら、言い訳にしか聞こえないみたいだ。

「もー、いいよ！」

話を打ち切ろうとすると、うつむいて笑っていた渡が顔をあげた。

「いや、ありがと。なんか、気持ちが楽になった」

それがどういう意味かはわからなかったけれど、渡が顔色よく笑っていることに、ゆっくりと喜びが湧いてきた。

なんだ、僕も渡の表情を変えることができる。暗い微笑を明るい笑顔に変えられる。こうしたちょっとしたことは、僕の承認欲求を満たした。僕は渡に必要な人間になれている気がした。


病院に来るのは二度目だ。僕の友人はとっくに退院しているから、正真正銘、遠坂深空のお見舞いということになる。僕が妙にドキドキしていると、渡は受付を素通りして院内を奥に進んでいく。どうやら、正式な見舞客として記録に残るのを避けているようだ。確かに、あの深空の兄という男が、渡が来る時間を把握するようになっては嫌だろう。

七階の暗い廊下を進む。今日もここはひんやりとしていて、冷房のせいだけでなく何度か気温が低いように感じられた。

渡が深空の病室前で立ち止まった。からりと引き戸を開けると、先日と同じように、中央のベッドに彼女は寝ていた。渡に続いて一歩部屋に入る。エアコンの風は弱く、室内は涼しいというよりぬるい。

渡がベッドサイドに立った。僕はおずおずと横に並び、彼女を見下ろした。

目の前の遠坂深空は口元に呼吸器をつけ、眠っている。ダークブラウンの髪は柔らかくシーツに散り、伏せられた睫毛《まつげ》は細くびっしりと生えている。近くで見ると、やはり眠り姫は綺麗だった。モデルや女優のような美しさとは違う。人形というのでもない。生と死の狭間で眠る静けさがことさら彼女を美しく見せるのかもしれない。また会えたね。そんな気持ちになる。

次の瞬間、自分の気持ち悪い思考に顔を隠したくなった。恥ずかしい。話したこともない友人の義姉の顔が見たくてついてきたなんて。そして彼女に心の中で話しかけたなんて。

僕は耳を澄ませた。どこからかあの女性の声が降ってくるのではないか。もし、そうなら、僕に呼びかけていたのは彼女ということになる。眠り続ける深空が僕にだけ聞こえる声で渡を呼んでいるのだとしたら。

結局、どれほど待っても何事も起こらず、僕はかすかに落胆した。

考えてみたら、彼女と僕に接点はない。彼女が僕を選んで、ファンタジーな力を使って話しかける理由はないのだ。自意識過剰だ。やっぱり、僕は疲れて幻聴を聞いていたんだろうか。

僕がひとりで色々と考えを巡らせている間、渡は黙って深空の顔を見つめていた。

ものすごく静かに。唇は彼女の名前を形作ろうとして、きゅっと結ばれてしまう。渡は何度、こんな時間を過ごしてきたのだろう。

「渡、花瓶に花を活けてくるわ」

窓際のチェストに置かれた空の花瓶を手にする。なんとなく、渡と彼女をふたりきりにしてあげたい気持ちになった。

近くのトイレで水を汲《く》む。渡の無表情が浮かんだ。彼女の名前を呼びたいはずなのに、音を発しなかった唇。鳶色の瞳の奥に見えるどうにもならない苦痛。もしかすると、渡は……義姉のことが好きなのだろうか。有り得ない話ではない。義理の関係であれば結婚ができるのだ。

すんと胸が空いたような感覚がした。

これはなんだろう。渡はお義姉さんが好き。別にいいじゃないか。僕は遠坂深空に横恋慕しているわけじゃない。断じて違う。そのはずだ。

妙な気分のまま病室に戻ると、廊下の前に女性が立っていた。中に入ろうとして躊《ちゅう》躇《ちょ》しているように見える。小柄な中年の女性だ。僕が近づいたことに気づいた彼女が弾かれたようにこちらを見た。僕の目的地が彼女の目の前のドアだと気づいたみたいだ。

「あの……渡のお友達ですか？」

どうやら、中に渡がいることは知っている様子だ。いや、それよりも『渡』と言ったぞ。この人。

「私、渡と深空の母です」

「あ、ああ、そうなんですか」

驚いて声をあげそうになるのを飲み込む。渡の母親。家族には会わないと見込んできたというのに、早速会ってしまった。

「僕は白井といいます。今日は渡くんとお義姉さんのお見舞いに……」

「私は帰ります」

言葉を遮るように言われ、僕は面食らう。もっと面食らったのは彼女が僕に近づいてきたことだ。鞄から文庫本を取り出し、中表紙を破り取る。そこに走り書きされたのは携帯電話の番号。

「白井さん、別な日でいいので、どうかお時間をいただけませんか？　お願いします」

「え？」

「お願いします！　この番号に電話してください。私の携帯電話です。渡の話を聞かせてください」

必死の嘆願に、僕は気圧されながら頷いた。

「渡には私がいたことは黙っておいてください。どうか、ご連絡をお願いします」

丁寧に頭を下げると、渡の母親と名乗る女性は病室に立ち寄ることなく、足早に去っていってしまった。

からりと引き戸を開けるとゆるゆると渡が顔をあげた。頼りない表情をしていた。たった今、廊下で行われたやりとりは聞こえていなかった様子だ。

「渡?」

「ああ、うん。花、ありがとう」

僕は渡に言わなかった。ふたりの母親がたった今、そこに来ていたこと。

僕らは少しだけ深空の横で喋り、病室を後にした。渡と僕の声は彼女の脳の奥まで届いただろうか。

第四章　わかってる

もらった携帯電話の番号を見て、僕は当然ながら随分悩んだ。渡には母親と会ったことを、まだ言っていない。言ってはいけないことだと思う。

彼の母親は、あくまでこっそり僕から渡のことを聞きたいのだろう。本当に何があって、こんな風に断絶しているんだろう。ひとり息子でのんびり育てられた僕にはわからないことばかりだ。無神経に一歩踏み込んではいけないことはもうわかっている。誰もが僕と同じ価値観ではないのだから。

結局、僕は黙ってその電話番号を見つめる時間に耐え兼ねて、翌日には渡の母親に電話をかけた。昨日会った渡の友人である。お会いすることはできるけれど、僕は彼についてたいしたことはお話できないかもしれない。そう話すと、彼の母親はそれでもいいから会いたいと言ってきた。

翌週の講義がない日の午後、僕は渡の母親と待ち合わせた池袋に向かった。デパートのレストランフロアで昼下がりに会った僕らは、落ち着いて話ができそうな洋食屋でケーキセットを頼む。

「急にお呼び立てして申し訳ありません」

年上の女性に頭を下げられたことがない僕は、渡の母にお辞儀《じぎ》をされ、慌てた。

「いえ、本当に。僕でお役に立てるかわかりませんが」

「いいんです。渡が家を出て一年ほどになりますが、私も夫も、あの子がどんな風に暮らしているか、まったくわからないものですから」

彼女は後ろめたいことがあるわけでもなさそうなのに、目をそらしうつむいていた。僕は言葉を選んで話し始めた。渡とは図書館で出会って、僕から友人になりたがったこと。彼は近代文学を好んで読んでいること。コンビニでアルバイトをしていて、接客はきちんとこなしていること。食事は面倒くさいと抜いてしまうけれど、僕と一緒だと結構食べること。遊びに不慣れだから、妙な仲間はいないこと。お義姉さんのお見舞いに行きたいのに、遠慮してなかなか行けていないこと。

ゆっくりと、それでも僕が経験した彼との日々を説明していくと、彼の母親は相槌を打ち、時に切なげに目を細めて話を聞いていた。

話し終えてまず感じたのは、「こんなにたくさんのことを喋ってしまってよかったのだろうか」ということだ。僕は渡と両親の断絶の理由を知らない。そこに義姉の深空が関わっていたとしても、詳細は聞いていない。もし、目の前にいる渡の母親も、渡を心配しているように見せ、心の内では彼を憎んでいたらどうしよう。僕が明け渡した情報は、よくない作用を生まないだろうか。

渡の母はほおっと嘆息した。それから、手つかずだったケーキにフォークを入れる。僕もならってフォークを持ちあげた。ふたり無言でケーキを食べるその空間はちょっと不思議な感じだった。

気まずくてお皿とコーヒーカップばかりを見ていた僕は、ずるっという鼻をすする音で驚いて顔をあげた。見れば、渡の母親は、ケーキを食べながらぽろぽろと涙をこぼしている。

「あの……お母さん……」

僕はどうしたらいいかわからなくて、ハンカチをさし出すことすら頭に浮かばず、おろおろする。渡の母は両手で顔を覆うと、ぐいぐいと素手で顔を拭う。お化粧とか気にしなくていいのだろうか、と僕は見当違いな心配をしてしまうほどだ。

「白井さん、ごめんなさいね。なんだか、渡が元気で暮らしていると聞いたら止まらなくなってしまって」

渡の母はくしゃくしゃの泣き笑いを見せる。僕はまだどう反応したらいいかわからなくて、困惑の顔で渡の母を見つめ返した。

「あの子を追い詰めたのは私なんです」

自嘲気味に言われ、返答に詰まる。しかし渡の母はそれ以上を語らなかった。

「渡は他人と打ち解けるのが苦手だったんですが、白井さんとは楽しく過ごせているのですね。ありがとうございます」

「僕なんか、何もしてません。普通に、友達してるだけで……」

「渡をよろしくお願いします」

あらためて頭を下げられ、僕はこの人に渡のことを話してよかったのだと思い直した。

渡の母は、渡がたまに見舞いにきていたことは気づいていたようだ。渡がいた痕跡《こんせき》を啓治というあの男性が見ないように片づけておくのは、母である彼女の仕事だった。彼女が言うには、啓治の恨みの感情は強く、渡とは接触させない方がいいと考えているそうだ。詳しい経緯は、母である彼女が語らない以上は聞かなかった。僕たちは何かあったら連絡を取り合う約束をして別れた。

僕はなんとなく味方を得たような気持ちで帰路についた。今日のことはやはり、渡に言うべきではない。僕の胸にしまっておこう。

――ありがとう。

山手線に乗ってすぐに背後から声が聞こえた。電車は混んでいたけれど、僕にはそれが彼女の声だとわかったし、妙にすんなりと受け入れた。

「どういたしまして」

誰にも聞こえない声で返した。彼女の声が僕に向かって発せられたのは、これが初めてだった。

＊

七月も末になり、テストも今日で終わりというある日、僕たちは映画を見に行く予定だった。話題作のレイトショーのチケットをバイト先でもらった渡が僕を誘ったのだ。

あの夏は話題作と呼ばれる映画がいくつもあって、僕と渡も何本かは見たはずなのだけれど、どれもさっぱり印象にない。覚えているのは渡と映画に行ったという事実だけだ。

待ち合わせは夕方。僕は学校でテストを受けた帰りで、教科書を満載した重たいバッグをかついでロータリーのバス停で待っていた。

コンビニでバイトを終えた渡はすぐにやってきた。映画の前に何か腹に入れておこうと、ふたりでラーメンを食べに行った。街はラーメン激戦区で、美味いラーメン屋がいくつもある。僕は定番のしょうゆ味が好きだけど、渡はやたら脂っぽくにおいのきついとんこつラーメンが好みで、お気に入りの店があった。

この日もそこに付き合わされ、僕たちは全身とんこつくさくなって店を出た。帰ってシャワーを浴びるまでこのにおいなんだろうなと思うと、うんざりしたけれど、渡がちょうどいい提案をしてくる。

「一度うちに戻っていい？」

「なんで」

「雨降るって、ここの店員が。洗濯物がベランダに干しっぱなし」

バイト先の制服の洗い替えが干されているらしい。

確かに見上げた空は西側に黒い雲がかかっている。

「じゃ、シャワー貸して。僕はこのにおいを一刻も早く洗い流したい」

映画までまだ時間がある。自宅にも寄れる距離だったけれど、腹がいっぱいでこのままでは映画館で熟睡してしまうだろうから、渡に同行するのはいい腹ごなしにもなりそうだ。服のにおいはスプレーの消臭剤でごまかそう。渡の部屋にあったはずだ。

曇った夕刻は、ひどく蒸し暑く、もう真夏なのだと痛感する。僕の故郷よりこの街は気温が高いようだ。

ひとり暮らしをして初めての夏はとっくに始まっている。横に一緒に夏を過ごす友人がいてよかったなと思った。もちろん、彼女だったら尚よかったんだけれど。

歩きながらふと気づいた。渡がぶつぶつ何かを口ずさんでいる。よく聞くと歌のようだった。

「何歌ってんの？」

歌の判別がつかないので聞いてみる。下手とかではなく、あんまり小さい声なのでわからなかったのだ。どうやら無意識だったらしい。

渡は自分が歌っていたことに気づき、まず赤面した。カッコつける暇もない赤い顔に、僕は笑いをこらえるのに必死になる。駄目だ、笑うな。耐えろ。笑ったらこのひねくれ男はすぐに自分の殻にこもっちゃうぞ。

「いや、さぁ。なんかこの前聞いていいなぁって思った歌に似てたからさ」

「曲名は知らない……コンビニでよくかかってるから」

自然に覚えちゃったんだ。そう言い訳して、渡はうつむいた。

いいじゃないか、歌ったって。そう言ってやろうかと思って、僕ははたと考えた。なんとかして渡にもう少し歌わせられないか、と。うまい方法がわからなかったので、この歌じゃないか、あの歌じゃないかと流行《はや》っている曲名をいくつかあげてみる。

「だから、曲名じゃわかんねーって」

渡がぶすくれた顔をして、仕方なさそうに今度はもう少し声を張って歌ってくれた。渡の声。ふたりでカラオケというものに行ったことがなかったので初めて聞いたけれど、よく通るいい声だった。

「あー、わかった！　この前、深夜の音楽番組でやってた歌だ！」

曲はすぐにわかった。その頃流行っていた邦楽で、歌っていたミュージシャンの出世作だ。意外だった。渡が流行りものを好むなんて。

「よくねぇ？　なんか、疾走感あって」

「うん、わかる。でも、渡にしては明るい曲を選ぶねぇ」

僕の言葉に渡が顔をしかめる。

「俺にしてはってなんだよ。暗いヤツって言いたそうだな」

「渡って見た目は軽そうな今時の若者って感じするけど、中身は硬派じゃん。流行りものにはのりませんって感じの」

硬派という言葉は割と彼にはいい褒め言葉だったみたいだ。

渡はにまっと緩んだ唇をきゅうっと結び直し、髪を掻きあげた。

「別に。いいもんはいいって言うだろ」

「うん、そうだね。あ、待って待って」

僕は鞄の中からMDプレイヤーを引っ張り出した。携帯で音楽を聴いたりするのはもう何年か先の話で、僕の青春時代はこのMDプレイヤーやCDプレイヤーが携帯できる音楽の主流だった。本体に巻きつけたコードを外し、片方のイヤホンを渡の耳に押し込む。もう片方を自分の左耳につける。スイッチをオンにして少しすると件の曲が流れ出す。

「そうそう、この曲」

渡が喜々として言う。

「大学の友達がMDに入れてくれたのを思い出した」

言って横を見ると、渡が珍しく上機嫌という表情になっていた。頬を緩め、目を細め、唇が歌詞に合わせて動く。

僕たちはその曲を何度もリピートさせる。お互い聞こえるか聞こえないか程度の声量で歌詞を口ずさみながら歩く。

「うちの実家の方さ、ホント星が綺麗なんだよ」

歌詞の中に星を見上げるという部分が何度も出てくる。僕は言った。

「秋のしし座流星群さ、うちの実家に見に行かない？」

「おまえの実家？　うわ、面倒くせぇ」

「なんでだよ」

謂《いわ》れなき『面倒くせぇ』に憤慨して僕が言うと、渡は眉をひそめている。

「友達の実家とかさ、どういう顔して行けばいいわけ？　しかも泊まりだろ？　俺、経験ないんですけど」

なんだ、渡は困っているのだ。だから、こんな悪態をつくのだ。

「『恒くんの親友でぇす』とか言って、へらへら笑って、母さんの作るメシをたくさん食ってくれればそれでいいよ」

僕がニヤニヤと答えると、いっそう渡は口のへの字に曲げ困った顔だ。たぶん、断れるものなら断りたいと思ってるんだろうな。

「まだ、何ヶ月かあるから考えとけよ」

僕の言葉に渡は返事をしなかった。

たっぷり十五分歩いて渡のアパート前に着いた時、僕たちはほぼ同時に気づいた。アパート横、階段の上り口に背の高い男が立っている。あの時、病院で会った男、渡の義姉の兄、啓治という男だ。

僕は、横の渡を見る。彼は唇を噛み締め、ひどく苦々しい表情をしている。

「渡」

小さな声で渡を呼んだ。渡がどうしたいのか見定めたかった。あの男の言葉を思い出した。

『悪いことは言わない――』

啓治が歩みを止めた僕たちを見つけた。ぎりと視点を渡に固定すると、つかつかと近寄ってくる。そしていきなり、なんのためらいもなく渡のTシャツの襟を掴みあげた。

「深空に会いに行ったな!?」

啓治が雷のような声で怒鳴った。渡の身体がほとんど宙に浮き、慌てた僕は間に入ろうとしたけれど、肩を押され簡単に突き飛ばされてしまう。尻餅《しりもち》をつきながら、非力な自分に歯噛みしたくなる。

啓治は僕など端から見向きもせずに、渡を締めあげ、がくがくと揺すった。

「深空に会ったら殺すと……言っただろう!! おい!!」

この前、僕と渡で行った見舞いの件だ。どうしてかわからないけれど、この男はそんなことまでかぎつけ、渡を脅しにきたのだ。その執念にぞっとする。

渡は黙っていた。真っ青な顔をし、きつく眉根を寄せて耐えていた。

「道を外れたおまえは親の情けで生かされてるんだぞ。深空の命を吸い取っておいて、まだ愚弄《ぐろう》する気か。いい加減消えてなくなれ！ このクズめ！」

啓治は勢いよく罵声をぶつけ、ついには拳を振り上げ渡をしたたか殴りつけた。渡は片目を閉じ、唇を噛み締め痛みに耐えたようだったけれど、打撃は脚をふらつかせていた。

渡の上半身がぐらりと傾《かし》ぎ、倒れる。まだ飽き足りないらしく、その上に馬乗りになろうとした啓治に、ようやく僕は掴みかかった。姿勢を低く、懐に入るようにタックルし、そのまま体重をかけ揺らいだ身体を後方に倒した。掴み返されないように素早く身を引き、立ちあがる。

してやったりだ。ろくに喧嘩もしたことのなかった僕には大冒険。何しろ相手は年上で、僕より数段ガタイがいい。不意打ちは成功したが、この後についてはまるで自信がない。僕は転がった啓治をしっかり見る余裕もなく、渡の二の腕を掴み助け起こした。

「行こう!!」

渡は放心していたけれど、それが殴られたためでないことは明らかだ。あんまり心が離れている様子なので、僕は一瞬、渡が正気をなくしたのかとすら思った。

「渡!!」

大声で呼ぶと、それでも渡は二の腕を掴み続けている僕の手に自らの手を添え、もう大丈夫だと言わんばかりに外した。一歩踏み出し、まだ足にきているらしくよろめく渡。手首を掴み直すと、僕は渡を引っ張って一目散に走り出した。啓治の怒声が追いかけてきて背中にぶつかる。

「人殺し！　次はそいつを殺すのか！　渡ィッ！」

走って走って、息が切れても止まらなかった。僕は必死に渡の手を引いた。手を離してはぐれたらおしまいな気がした。なんの根拠もない強迫観念に、僕は走った。随分走って僕のアパート近くまで来てようやく歩調を緩める。

どんより曇ったまま暗くなった空から雨粒が落ち始める。ぽつんぽつんと、僕と渡の手や顔に当たる。

本当はあの男が追いかけてこないことを知っていた。しかし、一刻も早くあの場から離れたかった。渡の苦しい顔をこれ以上見ていたくなかった。

「渡、平気か？」

振り向いてようやく渡の顔を見る。うつむいた渡は僕より体力がないせいか、は、は、と短く息を吐き喘ぐ。

長い前髪の向こうにうつろな瞳が見える。なんてひどい顔だ。幽霊みたいに暗く、生気《せいき》がない。

「俺は……」

渡が消え入りそうな声を突然発した。ひどく震えている。

「うん、どうした?」

僕は手を離し、渡の顔を覗き込んだ。安心させてやりたくて、弟に接するみたいな気持ちで笑顔を作る。僕は安心だ、渡の敵じゃないぞ、と言うように。

渡の表情がいっそう歪むのが見えた。

「俺は、恒……、おまえを殺したりなんか……しない……」

そう言って、渡は涙の滲んだ瞳を伏せた。ぽつぽつと僕らにぶつかる雨粒は徐々に量が増えている。うつむいた渡の前髪にぶつかり、ガラス玉のような雫が転がり落ちていった。

その姿を見たら、僕の中途半端な同情なんかは吹っ飛んでしまった。生半可な気持ちで兄貴ぶって、渡を安心させようとした自分が恥ずかしい。がつんと頭を殴られたような気分だった。

『人殺し』

『今度はそいつを殺すのか？』

その言葉は、渡の心に傷を負わせる武器だ。深空が目覚めないのは自分のせいだと言っていた渡に深空の次は僕だなんて。ひどい言葉だ。啓治が駆使したのは、なんて効果的で威力抜群の兵器だろう。

僕は渡の肩に触れた。友人として、できる限り明るく響くように言う。

「うん、わかってるよ」

降り出した雨のなか、にっとことさら明るく笑って見せる。

「っていうかさ、おまえに首絞められた時だって、本気だなんて思ってないよ。渡は絶対、そんなことしない」

渡に何があったか。僕にはわからない。だけど、僕の知っている限り、遠坂渡はいいヤツだ。僕の大事な友達だ。

「渡、あんなヤツの言うことは気にすんな。僕はわかってる。僕は信じてる」

僕にとって確かなのは、今の渡が本当に苦しんでいるってことだけだ。だから僕は渡を信じる。僕が信じなければ、渡はこのまま絶望の海に沈んでしまう。

その日、渡は僕の部屋に泊まり、翌朝帰っていった。ろくに喋りもせず、座椅子で寝てしまった渡にタオルケットをかけ、僕も眠りについた。映画には行きそびれてしまった。

＊

数日が経った。啓治と会った日は随分取り乱していた渡も、その後はすっかり元どおりに見えた。僕らは変わらず、互いの部屋を行き来し、普段どおりの生活を続けていた。

その日は特に会う予定があったわけではない。サークルのメンバーと珍しくカラオケに行き、帰り道に渡の勤めるコンビニに顔を出したのだ。いるかな？　いるなら冷やかしていこう。そんな気分。あとは、先日のことがあるので、渡が啓治に報復されていないかと心配でもあった。チェックの意味合いもある。

店内に入り、レジを担当する渡を見つけた。いるいる。今日も無愛想ながら、立派に働いているじゃないか。僕が冷やかし半分で近づこうとした時だ。レジ前にいた女がいきなり、渡の顔に何かをぶっかけた。よく見ると、それは缶コーヒーで、渡は顔から胸までびっしょりと茶色の液体に染まっている。当の本人は無表情に無感動に自分の状態を確認しているじゃないか。

「お客様‼」

怒鳴り声をあげたのは横にいる店員の男性で、この人が店長だと常連の僕は知っていた。

ともかく、店長の声をきっかけに女が脱兎《だっと》のごとく走り出した。僕にぶつかり、女の持っていた空き缶が床に転がり茶色の飛沫が円状に散る。女は転げるようにコンビニを飛び出していった。細いヒールと柔らかな茶髪。たぶん年は二十代半ばで、会社員風の女だった。

店内には僕の他に数人客がいたけれど、誰もがその現場を見ていた。そして呆気《あっけ》にとられていた。

「お待たせしました。次の方」

被害者の渡がさらりと次の客をレジに呼び込もうとするので、慌てたのは店長だった。

「遠坂くん！　いいから、きみは裏で着替えておいで」

客も店長も僕も「当然だ」と言わんばかりの表情で見ていた。渡は反応も薄くレジを離れてスタッフルームに引っ込んでいった。

客が途絶える。店長がスタッフルームに入る時、渡の友人ということで顔見知りだった僕も中に入れてもらえた。渡は上半身裸になり、濡れたタオルで顔や身体を拭っているところだった。

「遠坂くん、災難だったね。大丈夫？」

「まあ、アイスだったんで。ホットだったら火傷《やけど》したかもしれないですけど」

渡は呑気《のんき》な返事だ。仮にも客にコーヒーをかけられるという事件の被害者だというのに平然としている。

「なあ、渡、さっきの女何？」

思わず口を挟むと、店長が先に答えてくれる。

「遠坂くんのストーカーだよ。しょっちゅう来てくれるのはいいんだけど、食事とか誘ってくるんだよな」

渡は至極冷静に追加する。

「毎度、お断りしてたんですけどね。ちょっと気持ちがこじれちゃったみたいです」

僕はその話に感心した。ほほう、渡にもそんな浮いた話があったのか。いや、実際は渡にその気がなかったからこういうことになったんだよな。浮いた話というよりは、危ないストーカー事件だ。

「一応、こういうのって傷害事件になりますよね」

僕は店長に確認の意味を込めて言う。店長がうんうんと頷いた。

「防犯カメラもあるし、警察に行くなら協力するよ」

しかし、渡はどうでもよさそうに首を振るばかりだ。

「いや、面倒事はいいですかね」

「でも、遠坂くん。ストーカーに刺されるなんて事件もあるし、相談くらいはしておいたらいいんじゃない？」

「いらないですよ」

渡は言いきり、替えの制服を羽織った。どうやらこれ以上言っても無駄であろうことは、僕も店長もわかった。釈然としないような。そうでもないような。

渡の退勤まで待った僕は、渡と並んでコンビニを出た。あのストーカー女が近くにいたら厄介だと思っただけで、ちょっとした護衛役のつもりだ。

「おモテになりますなぁ、渡くん」

「おまえよりかはな」

「お言葉ですが、僕、去年まで彼女いたから」

「大学進学と同時に遠距離になって自然消滅だろ。ありがち」

図星だったので、それ以上反論しない僕だ。

渡が熱烈に女子に好かれるのはなんとなくわかる。整った容姿に、影のある表情。そういうのが好きな女の子はたくさんいる。一方で渡が女の子と遊ぶ気分になれないのは当然だろう。

だけど、好悪《こうお》とは別次元でストーカーという存在は怖いだろう。警察に届けなくて本当にいいのかな。そりゃ、コーヒーをぶっかけるだけで逃げていくような気の小さい彼女に、これ以上何ができるかと言ったらできないだろうけれど。

もしかして、ストーカーが怖いというより、警察が関係するようなことが嫌なんだろうか。何か確証があるわけじゃない。でも、ストーカー事件をただの〝面倒事〟で済ませてしまった渡の態度が気になった。

あの啓治という男が家の前で待ち伏せしていた件だって、渡は殴られているんだから傷害事件にあたる。渡が言わないだけで、他にも嫌がらせや暴力だってあるかもしれない。しかし、渡は親戚という点を抜きにしても、大事《おおごと》にはしたくないように見える。他人に恨みの感情を向け続けられる恐怖より、事なかれ主義で済ませる方がいいというのだろうか。

気にはなるものの詮索《せんさく》はしたくないしあまり楽しい話でもないから、これ以上は蒸し返さないようにしようと決める。

「メシ食いに行く？」

とりあえず、話題の転換に誘ってみる。渡は首を振った。

「あのさ、恒」

「なに？」

「俺の母親と……会った？」

僕は驚いて渡の顔を見やった。そのわかりやすい態度で、渡は苦笑する。

「馬鹿、顔に出すぎ」

渡の苦笑は柔らかく、どこか諦めを含んでいた。投げやりと言うよりは、観念したといった雰囲気だ。

「母親からやたらメールがくるなと思って。もしかしてってさ」

「渡、あのさ」

「いいよ。母親から、何か聞いた？」

渡は僕と彼の母の接触について、何か不満に思っているわけではなさそうだった。

「渡の今の暮らしについて聞かれただけ。お母さんからは特に何も」

仲よくしてほしいって言われたくらいだ。それを言えば、渡が困惑することは目に見えていたので僕は言わない。

「ふうん」

渡は静かに呟き、歩いた。

僕の部屋の近く、以前ケーキを食べた緑地にやってくると、渡は先に立ち、草を踏みながらベンチに向かう。僕も後を追う。

「蚊がいそうだな」

そんなことを言いながら、ベンチにかける渡。戸惑いながら、僕も隣に座った。

「あのさ、ちゃんと話しておこうと思う」

ぽつりと渡が言った。なんのことかなんて聞かなくていい。僕は彼の顔を見た。そして、ゆっくりと頷いた。

「うん、渡が話してくれるなら聞く」

「全部聞いたら、おまえたぶん俺と文学青年ごっこする気なくなるよ」

「それは聞いたら決めるから、お気遣いなく」

僕は正面を見据え、答えた。その言葉に渡がふうっと嘆息するのがわかる。

そうして、渡は喋り出した。途中何度も言葉に詰まり、泣きそうに顔を歪めて、それでも渡は最後まで話してくれた。

第五章　昔話

これから僕が書き残すのは、渡の口から聞いた彼の過去。時々、僕の推察も混ぜるけれど、たぶん邪魔にはならないだろうと思う。

*

一九八二年八月、東京は中野区江古田《なかのえごた》で渡は生まれた。渡が十歳の時に父親が病死した。癌だった。母の落胆はひどく、他に兄弟のなかった渡は、母親を守るのは自分だと強く思ったそうだ。わずか十歳の渡は父の墓前に母を守り助けていくことを誓った。

しかし、父の死から一年も経たないうちに、母は渡を連れて再婚した。相手は石神井《しゃくじい》公園近くに住む開業医で近頃前妻との離婚が成立したばかりだという。前妻との間に中学一年生になる娘がいた。

渡はまず母に失望した。子どもの目にも母が死んだ父を愛していたのは明らかだった。彼女は父がいなければ何もできないほど父に依存していたはずだった。

しかし父の死後、あっさり石神井の医者の後妻に収まってしまった。再婚の際、母親は渡になんの相談もしなかったという。子どもに難しい話をしても仕方ないと思ったようだ。渡は反対する機会すら奪われ、いきなり新しい家と新しい父親、ふたつ年上の義姉を与えられた。裏切りだ、渡はそう感じた。

新しい父親は渡に優しかった。日曜は家族サービスに四人で出かけることを好み、近所の目もはばからず団欒《だんらん》を楽しんだ。何枚も写真を撮った。頼んでもいないのに、新しいゲーム機やゲームソフトをいくつも買ってくれた。

しかし、渡が好きなのは死んだ父だけだった。母は変わってしまったと思った。味方はいない。他人など余計好きになれない。いつしか義父は懐かない渡に優しくするのをやめた。

一緒に暮らし出して半年も経たないうちに、父母は渡を持て余すようになった。少年は無口で陰気な子どもになり、家族のくくりからはみ出し始めていた。

「中学にあがる頃には親はなんの文句も言わなくなってたよ」

「グレてたって感じ？」

「そこまでわかりやすくないけど。まあ、学校には行かなかったかな」

家族と溝ができ、渡はろくに登校しなくなった。家にもあまりいつかず、近隣の大きな繁華街である吉祥寺《きちじょうじ》や中野のゲームセンターをうろついた。知り合った友人たちの後ろにくっついてタバコを吸ってみたり、夜の街を徘徊《はいかい》したり。

たまに家に戻っても家族は何も言わない。腫れ物にさわるように、見て見ぬふりをされる。渡はそれにまた失望した。親を試したかったわけではない。ただ、ここまで離れてしまった母親との距離が虚しかった。やがてそれもどうでもよくなった。

「俺に話しかけるのは、家族では深空だけだった」

「お義姉さんだね」

「姉だと思って接したことはなかったけどな」

渡と深空。出会った時、ふたりはもう十分物心がついていたので、いきなり姉弟になれと言われてもなかなか難しかったはずだ。

しかし、深空は実際の姉弟以上に渡に優しく接してくれた。愛情深く、大人で利発な深空。彼女は渡の姉の役目を率先して務めるようになった。

「あいつはうぜえんだ。朝は途中まで一緒に登校するし、授業中だって放課後だって何かにつけて携帯メールをよこす。どうでもいい内容でさ。夜は俺の部屋に遊びに来て、漫画雑誌を読んでいくんだ。俺が遊び歩いていれば、怒って電話をしてくるしさ」

深空との思い出を語る渡は、懐かしそうで、切なそうで、苦しそうに見えた。思い出は、今や渡の胸の中にしかない。

「あんまりうるさいから帰ってみれば、玄関で俺の漫画読みながら待ってんだ。『何やってんの?』って聞くと『お帰り』って笑うんだ。『俺の漫画』って言うと、『面白いね』って答えになってないこと言うんだ。馬鹿だろ、あいつ」

当時の渡はそんな深空が嫌いだったという。

義姉はなんだってできた。勉強もクラブ活動の吹奏楽も。父に愛されることも、義母に愛されることも。しかもそれが、彼女の自然な努力で成り立っていることが渡には腹立たしかった。自分には逆立ちしたってできない器用な立ち居振る舞い。渡はどんなに深空に親愛を示されても、同じ感情を返さなかった。

一方、深空は渡にどれほど煙たがられようが意に介さない。いつだって変わらず、姉らしく、友人らしく接した。それが当然だともいうような接し方に、折れて妥協したのは渡だったようだ。

深空があまりに怒るので、渡はどんなに夜遅くとも、自宅に帰るようになった。渡が家族四人で食卓を囲むのを嫌がるので、時に深空は食事の時間をずらして渡と食べた。

しかし、渡は相変わらず深空が嫌いで、他の生活態度や父母との溝は一向に改善されることはなかった。

「一度、深空と遊園地に行ったことがある。深空はコースターが好きで、絶叫系のマシンばかり乗ってた。夏で暑くて人がいっぱいいて、俺は早く帰りたかった。でも、あいつ全然言うことを聞いてくれなくて。結局、閉園時間ぎりぎりまで遊んだ。『また来ようね』とか言うから、俺は『こんなうるさくて暑苦しいところ金輪際嫌だ』って言ってやったよ。そしたらあいつ、『じゃあ、次は冬に来よう』とか言うんだ。俺は本当に話が通じねえ女だな、と思ってもうなんにも言わなかった」

渡の語る口調は嫌いな人間に対するものじゃない。大事な人を思い出すための懐かしく優しい口調だった。これは、僕の推測だけれど、やはり渡は深空に恋をしていたのだと思う。血のつながらない姉に、初めての恋をしていたのだ。

深空には実の兄がいた。父の前妻についていったので滅多に会うことはなかったが、深空より五つ上で、名前を啓治といった。渡は中学一年生の冬、初めて啓治に会ったそうだ。啓治は背が高く、父を奪った女の息子にも優しかった。

渡は啓治が大好きで、本物の兄のように慕った。義理の姉の深空よりも兄弟になりたいと思った。啓治という大人の男に、失われた父の愛を重ねていたのかもしれない。

啓治と深空と三人でいると、不思議と関係はうまくいった。どんなにひねくれていた渡も中学生の男子に戻った。普段は、冷たく当たってしまう深空にも優しくなれた。

「あの頃、啓治は俺の憧れだったんだ」

渡は自嘲気味に語る。

「頭のいい大学に通っててさ。でも堅くないんだ。冗談ばっかり言うヤツでさ。深空と笑い方が似てるんだ。俺と啓治で深空をからかって、それに深空がむきになって。あの頃は何をしてても楽しかった。俺がそれを壊してしまうまでは」

両親との暮らしは何年経っても円満にはならず、渡は週に何日も学校に行かなかった。母親はたまに思い出したように説教をしたが、渡の心には響かない。渡は母をほとんど無視した。

母が中学校から呼び出され、何度も面談していることを知っていた。息子がよくない年上の仲間とつるんでいると近所で噂され、連れ子だからと揶揄《やゆ》され、じっと耐えていることも知っていた。それでも母は渡にとって裏切者だった。

ある日、夜中に帰るとキッチンで母が泣いていた。並んで座っているのは深空だ。母親は両手で顔を覆い、泣きながら口説いていた。

『深空、深空……私にはあなたさえいればいいわ』

その言葉は様々なことを諦めていた渡にも重く響いた。

そうか、俺はいらないか。暗い廊下に立ち、渡はそう思う。いざ言葉で聞くと、足元からすうすうと嫌な冷気が這《は》いあがり、指先も足先もちりちりと痛かった。

ああ、俺は傷ついているのかと知り、渡はわずかに笑った。同時に義娘しか頼みにできない母を哀れに思った。

その母の脇で深空はうつむいていた。深空はなんと答えるのだろう。意地悪で自暴《じぼう》自棄《じき》な気持ちで、渡は深空の言葉を待った。すると、深空はこう答えた。

『私は、渡と一緒がいい。お父さんとお母さんと渡と私。四人一緒がいい』

優等生の答えだ。反吐《へど》が出る。

そんな悪態を腹の奥でつきながら、渡は泣きそうな気持ちになった。自分が望まれている事実が嬉しかった。母とはすれ違ってしまった情愛を、深空はきちんと用意してくれている。手を広げ、待っていてくれる。

しかし、深空が望むように自分が振る舞えないだろうことも、渡はわかっていた。渡のいないところで、家族は穏やかにまわっている。自分ひとりが薄いビニールのラップに包まれている。それ一枚隔てた向こうはホームドラマに似た幸福な世界だ。中年夫婦とひとり娘。見えているのに渡には手を伸ばすことができない。同じ屋根の下にある温かい風景は自分とは縁遠い世界だった。

『渡、入るよ』

先ほどの義姉と母のやりとりを思い出し、部屋でぼんやりしていると深空が入ってきた。

『ケーキ、チョコレートのやつ、取っといたからあげる』

深空は明るく言って、渡の前にチョコレートケーキの載った皿をさし出した。

当時深空は高校二年で、付近で一番の進学校に通っていた。ケーキ屋でバイトをしていて、しょっちゅう残り物のケーキを安く買ってくる。それが家族の団欒や渡の機嫌取りに使われるとわかっていたので、渡はいつもケーキを食べなかった。しかしこの時はどうしてだか皿を受け取った。

義姉の淹《い》れた紅茶を飲みながら、渡は複雑な気持ちだった。母に望まれている深空。自分を愛してくれている深空。

『渡は渡だから』

深空が言った。彼女は渡が廊下で先のやりとりを聞いていたことに気づいていたのだ。

『そのままでいて』

渡は八つ当たりも無視もしなかった。ただその言葉に頷いた。ブラックホールのように心に空いた暗い部分に、深空の声は光みたいにさし込んだ。


渡がどうにか地元の高校にあがり、しばらくした頃、母方の祖母が石神井の家に遊びに来た。祖母は調布《ちょうふ》でひとり暮らしをしていて、実父が死んで一年ほど、渡と母はそこに身を寄せていたことがある。

夕食を食べている時、不意に祖母が言った。

『深空は京子《きょうこ》に似てきたねぇ』

家族の誰もが妙な顔をした。京子とは渡の母で、深空には義母にあたる。深空が母に似てくるはずがない。

『いやぁね、母さん』

母が慌てた声で言った。

『一緒に暮らすと似てくるのかしら』

祖母は高齢というほどでもない。老人特有の勘違いにしては、少々変だ。その夜の言葉はやけに渡の耳に残った。食卓に流れたその奇異な緊張感も。

『似てきた』――渡はその言葉の意味を考え、改めて深空と母を見比べる。見れば見るほど、母と深空はよく似て見えた。柔らかそうな髪も、高い鼻梁も、少し上唇が厚いことも、爪のかたちも……。血のつながらないはずのふたりが似ているなんてあるだろうか。

疑念というにはあまりに薄く、はっきりとしない思いだった。

しかしその日以来、渡の心にひとつの考えが浮かんだ。それはひどく混乱するものだった。手や足の末端まで鈍く痛み、頭の前の部分が重い。

苦い感覚に耐えきれず、初夏にさしかかったある日、渡は祖母の家に忍び込んだ。水曜の午後だった。

その時間は、祖母が通院で家を空けるのを知っていた。母の持ち物から失敬してきた鍵で、祖母の家の玄関を開ける。目当ては奥の間の茶箪笥《ちゃだんす》。そこには母親の古い持ち物がしまい込まれている。

渡は一番上の小棚を開けた。気が急《せ》いた。祖母がいつ帰ってくるかわからなかったからじゃない。純粋な恐怖から焦った。

黄色く変色した千代紙貼りの箱の中に、探していたものは見つかった。母子手帳だ。昭和五十七年八月二日生まれ、死んだ父の姓で『遊佐《ゆさ》渡』と名前があった。

そして、箱の底からもう一冊の母子手帳を見つけた時、渡は叫び出しそうになった。昭和五十五年六月一日生まれ。『笹塚《ささづか》深空』。母の旧姓を冠された深空の母子手帳だった。

手帳には一枚の写真がはさまっていた。白枠の黄ばんだ写真には55'08'15の刻印。写っていたのはピンク色の産着の乳児と若い母。そして若い義父だった。渡は混乱した。事実、この時の渡は母と義父、深空の物語のすべてを知り得なかった。

しかし、渡が知りたい範囲のことは悲しいくらいわかってしまった。自分が感じていた疑念が真実だったこと。深空が自分の血のつながった姉であること。十五歳の渡が絶望するには十分な内容だった。

「帰り道、どう帰ったか、何時頃家に着いたのか覚えていない。頭ん中はぐちゃぐちゃで、自分が何をしているのかわからなかった。自転車にぶつかったり、車に轢《ひ》かれそうになりながら帰ったんだと思う。混乱してた。ただ他にたくさんのことが見えて、たくさんのことが理解できた。俺ひとりが家族の中で余計だったってこと。あの三人のホームドラマみたいな幸福。俺じゃあ百年経っても参加できないと思っていた。当たり前だ。俺ひとり、家族じゃなかったんだから。そして俺ひとりが何も知らなかった。ばあさんが、深空がお袋に似てきたと言った時、思えば連中、息を詰めて緊張してたよ。あいつら全部知ってたんだ。あいつら三人は本物の家族なんだから。俺は道化以下だったよ。扱いにくいペット程度だとわかった。お袋にとっては余計に。だって、あの女の実子はもうひとりいて、あの女はそっちさえいればいいんだから」

渡は静かに語った。その日のことをまるで昨日のことのように話す。それは、まだ渡の心がその時間に留まっているからかもしれない。

「深空のことを考えた。笑えることに深空は俺の血のつながった姉貴だった。俺はあいつを許せないと思った。あいつは俺だから優しくしていたんじゃない。血を分けた弟だから優しくしていたんだ。面倒事を起こさないように。……偽善者め。ずっと事実を知りながら、俺におこぼれの愛情をくれていたんだよ。半分血のつながった不良崩れの弟に聖母ぶって優しい顔をして満足していたんだ」

本当にそうだろうか。僕は心の中で思ったけれど、口にしない。

渡は僕の言わんとすることを察した様子で、力なく首を振った。

「実際、俺はなんだかよくわからなくなってしまった。食べることにも眠ることにも考えが行かなかった。俺は長いこと自分の部屋で勉強机に向かって座っていた。そうしていたら深空が帰ってきた。バイト帰りでケーキの入った箱を手に持って高校の制服のまま俺の部屋に入ってきたんだ。『渡が好きなやつ買ってきたから食べよう』。深空がそう言った」

渡はそこまで言って両手で顔を覆った。長く息を吐き出す音が何度も聞こえた。僕は黙ってそれを聞く。

「深空の顔を見たら、すべての気持ちがあいつに向かった。にこにこ笑いやがって。俺を馬鹿にしているくせに。自己満足で構っているくせに。……俺は立ちあがって、歩み寄って、そして深空の首を締めたよ」

渡が真に絶望していたことはふたつ。深空に裏切られたという思い。そして、どれほど恋しても実の姉への気持ちを叶えることは未来永劫《えいごう》できないということ。

「あとはあまり覚えていない。物音を聞きつけて、親が駆けつけた。義父が俺を殴って、深空の応急処置をしていた。お袋が泣き叫びながら救急車を呼んだ。戻ってくると俺を非力な腕で殴った。人殺しと怒鳴られた。俺はとてもぼんやりして、それを見ていた。全部映画の中のように遠かったんだ。ぐったりした深空も、慌てた義父も、狂ったみたいに泣くお袋も。ただ、足下にひしゃげたケーキの箱が転がっていて、中からチョコレートケーキがつぶれてはみ出していた。それを見て、俺はようやく大変なことをしでかしたと気づいた。それで大声で泣いた」

それから様々な手続きを経て、渡は少年更生施設に入った。簡素で何もない部屋でひとり寝起きをし、施設に慣れると昼間は軽作業が追加された。

渡は当然だと思った。自分は姉を殺したのだ。本当なら死刑でもなんでもして、殺してほしかった。

一度、自分の上着と独房のタオルをつなぎ合わせて梁《はり》にかけた。死ぬつもりだった。しかし、なかなかうまくいかずに手こずっているうちに、看守に見つかり呆気なく失敗。あげく拘束衣をつけられ一週間も過ごさなければならなかった。

死ぬことには力がいる。その間に渡の死ぬための余力は失《う》せていった。

施設に入ってすぐに、渡は母親から長い手紙をもらった。姉の出生に関する手紙だった。

渡の母と義父は元々恋人同士だったそうだ。しかし、義父にはすでに妻子があり、不貞の恋は妻の知るところとなった。ふたりは別れたけれど、その時すでに母のお腹には深空がいたという。女児の出生がわかると遠坂の妻はその子も取りあげた。深空は養女というかたちで、遠坂家で育てられたそうだ。

渡の母はまだ若かった。恋人と娘を奪われはしたが、渡の父と出会い、二年後渡が産まれた。元恋人と再会したのは渡の父が亡くなる少し前だったという。

『おまえに話さなかったのは傷つけたくなかったから』

母は手紙でそう言った。渡にはすでに関係のないことだった。なんの言葉も心に入ってこない。

――俺は深空を殺した。

渡にとっては、それが唯一の真実だった。

一年ほど経った頃、誰も訪れない渡の元に、啓治が面会に来た。優しかった兄貴分は怒りと憎しみのこもった瞳をしていた。

ふたりは面会用の白い個室で向かい合った。

啓治は言った。

『深空の呼吸器が取れた』

渡は一瞬何を言われているのかわからなかった。

『自発呼吸ができるまで回復している』

驚いた。渡はその時初めて、深空が生きていることを知った。

『親はおまえに話さなかっただろう。おまえが深空に関わるのが嫌なんだ。俺も同感だ。だから敢えて言っておく。わかったな、もう深空には近づくな』

啓治はそれだけ言って去っていった。

渡は面会室でひとり泣いた。深空は生きている。深空はまだこの世界にいる。

「一年七ヶ月経って、俺は施設を出た。保護観察なんていう身分だったけど、親が俺と暮らしたがるわけもないから家を出た。仕送りが毎月来るから、有り難くもらってる。今年に入って深空に会いに行った。俺の半分血のつながった姉。深空はずっと眠ってる。あれから三年、ずっと。呼吸器が取れた時はみんな回復を信じたらしいけど、駄目だった。医者が言うには、深空はもう目覚めないらしい。眠ったまま、やがて死ぬらしい。一度会っておこうと思った」

渡はなんの感情も込めずに低く振り返る。

「誰も来ない時間を見計らって病院に行った。死ぬヤツばかりがいるフロアに深空の病室があった。俺はそこで眠っている深空を見て、本当に本当に悲しくなったんだ。自分でやっておいてなんだと思うだろ。でも、どうしようもなく悲しかった。だって深空は十八歳のあの夜からほとんど変わっていなかったんだ。随分痩せて、腕に点滴がくっついてたけど、他は何も。俺はそれでわかった。やはり俺はあの夜に深空を殺したんだ。そして今もなお殺し続けているんだ。あいつの心臓が止まるまで、三年間……いやもっとかかるかもしれない……俺は今もあいつの首を絞め続けて……」

「もういいよ、渡」

僕は言った。渡は泣いていた。見開いた目から大粒の滴《しずく》がぼろぼろと落ちて、渡はそれを拭うことも忘れ、暗い公園の草むらを見つめていた。膝の上で握り締められた渡の拳が痙攣《けいれん》したように震える。

「俺は……今この瞬間も殺人者なんだ。深空が死ぬまでの間……ずっと毎日何度でもあいつを殺し続ける。いつかあいつは死ぬ。俺の手で死ぬ。あいつが死んだら、俺の贖罪《しょくざい》は永遠にできない。いや、生きていたって、俺に罪を贖《あがな》う機会なんて訪れるかわからない。俺は死ぬこともできなかった。残りの人生はただの消化試合だ。意味を持たない。人混みに紛れて、誰とも交わらず、ひとりでいつかこっそり死ぬんだ」

渡はかすれた声で言った。ジーンズの膝に涙の粒がぶつかってぱたぱたと音を立てる。

僕は耐え難くなって言った。渡の横顔を見つめ、低くはっきりと。

「僕は……それでも友達だから」

「恒……」

「だから死ぬ時は、ひとりでこっそりには……ならないよ」

陳腐な言葉だったし、とてもこんな言葉で伝わるとは思えなかった。渡は一瞬心底悲しい顔をして、震える唇を再度開いた。

「おまえと会って楽しかった。たぶん人生で一番楽しかった。たくさんくだらない話をしたし、たくさん笑った。人殺しの俺がこんなに楽しく過ごしていいのかと思ったよ。そうすると、本当に悲しくなるんだ。それで深空に済まなく思うんだ。あいつはもう笑うこともできないのに、なんで俺は笑ってるんだろうって罪悪感で死にそうになるんだ。……でも……でも俺は……」

渡はそこで言葉を切った。薄い色の瞳から涙がこぼれ、それからゆっくり視線が僕に移動した。一瞬の静謐《せいひつ》。たぶんこの瞬間、僕らは本当の友情を見たのだと思う。

困ったように笑い、渡は言った。

「おまえといれば、この人生が消化試合じゃなくなるかも……そんなことも思っちまうんだ」

僕は溢れそうになる涙を必死に飲み込んだ。これ以上彼を傷つけないために、泣いてはいけないと思って歯を食い縛った。

ただ本物の遠坂渡にようやく触れた気がした。

「馬鹿野郎」

僕は涙の代わりに言った。

「早いよ、おまえ。人生とか……消化試合とか……。僕たちまだろくに生きてないよ」

渡はというと、それ以上は何を言おうとしても唇がぶるぶる震えるばかりで、言葉にならない様子だった。涙がはらはらとこぼれ落ちる。

「早いよ、馬鹿」

僕はもう一度呟いた。他にたくさんの言葉が胸の内にあったけれど、どれとして渡に響きそうになかったから言わなかった。

渡が右手で額を押さえ、嗚咽《おえつ》した。

第六章　未来は綺麗だ

それからの一ヶ月は、僕たちにとって生涯で一番輝かしい夏だった。僕たちは狂ったように遊んだ。渡のアルバイトのない日はほとんど毎日どこかに出かけた。パチンコをした。友達の中型バイクを借りて、ふたりで街中走った。知らないラーメン屋は全部入り、味を比べた。美味しい店が見つかるたび、テリトリーが増えたような気持ちになった。

サッカーも見に行った。当時は、日韓開催のワールドカップを翌年に控え、国内のサッカー熱が盛りあがっていた頃だ。また、ちょうど僕たちの街をホームにするサッカーチームがあったので、サッカーは身近なスポーツだった。サポーターぶって試合を見に行ったけれど、実際僕も渡もサッカーは基本ルール程度しか知らない。有名な選手の名前すら知らずによく行ったものだ。

バスは混んでいたし、スタジアムは暑かった。単純な僕たちは周囲の熱狂につられ、あっという間に夢中になり大騒ぎで応援した。帰り道、すっかりサッカーで盛りあがったと思ったら、次はドームにナイターを見に行こうという話になる。言い出したのは渡だ。

「そうだなあ、今シーズン中に一回は」

僕が答えると、渡は肩をすくめた。

「でも、野球ってほとんどわかんないんだけどな」

「じゃあ、なんで行きたいんだよ」

「行ったら好きになるかもしれないだろ？　今日のサッカーみたいに」

その発言はなかなか前向きで、渡にしては明るいなと僕は嬉しかった。

＊

実はこの頃、僕はひとりだけで深空のお見舞いに行ったことがある。頭の中に響く彼女の声は、渡たちの母親に会った時以来聞いていない。ふたりきりで会えば、もしかすると……。そんな気持ちがあったことは間違いない。下心的でもあったし、一方で僕は深空になんとしても目覚めてほしかった。

渡は彼女がいずれ死ぬのだと言った。しかし、それは本当だろうか。これほど長い間昏睡《こんすい》状態で眠っている彼女だ。脳の機能はわからないけれど、目覚める可能性だって残されているんじゃないか？　素人考えかもしれない。でも希望を捨てるには早いのではないだろうか。

僕は面会の手順を踏み、深空の病室を訪れた。やましいところはないと思いつつ、やはり渡に黙ってきてしまったことに申し訳なさは感じる。

中央のベッドで深空は静かに眠っていた。呼吸器の音が響く。現在、自発呼吸はできるけれど弱いそうで、呼吸器は必須のようだ。

掛布団から覗く点滴が刺された腕は痛々しく細かった。当たり前だ。三年も動かさず、点滴の栄養のみで命をつないでいるのだから。

「ねえ、深空さん、きみだよね。僕に話しかけてくるの」

誰もいないから、僕ははっきりと言葉にして問いかけた。当然ながら、目の前の深空はぴくりとも動かない。いつも真後ろや横から聞こえてくる、あの愛らしい声も聞こえてこない。

「深空さん、あらためまして、僕は渡くんの友人の白井恒と言います」

滑稽《こっけい》だと思いながら、僕は自己紹介をする。

「渡からあなたとの話を聞きました。どうか、目覚めてくれませんか?」

もし、僕が彼女の言葉を感じ取れる唯一の人間だったとしたら、僕の声かけは有効ではないだろうか。

「僕はあなたに目覚めてほしい。……渡を楽にしてやってほしいから」

渡が自分の人生を人殺しだと思い続けるなら、それを解消してやるには、深空の回復しかない。なんとも手前勝手な主張だけれど、僕にその手伝いができるなら絶対に見逃したくない。

僕は、渡があんな暗闇を抱えてひっそり生きていくのは嫌だ。渡は笑える。楽しいことを楽しめる。それなのに、すべてを罪のせいにして、深空に遠慮しているのだ。

渡は罪をおかしたけれど、それは誤解があったのも一因だ。深空が実姉であることを黙っていたのは、裏切り行為じゃない。多感な弟への気遣いだったことは、渡本人だってもうわかっている。きっと深空が目覚めれば、誤解の部分と、起こしてしまった事件についても語り合える。渡は、深空に謝ることができるのだ。

「もちろん、僕もあなたと話がしてみたい。渡からたくさん話は聞いたけど、実際に深空さんと話がしたいよ。どうか、目覚めてくれませんか」

眠る人に話しかけ続ける。本当に誰かがいたら恥ずかしくてできなかったと思う。

沈黙は当然ながら続き、僕はやはり駄目かと息をついた。そもそも、あの声だって随分聞いていない。聞かなくなってみれば、やはり僕自身の幻聴だった気もしてくる。

持ってきた花を活けるため、空の花瓶とガーベラの花束を手に病室を出ようとすると、突如その声は僕の背中にぶつかってきた。

――今度は渡も連れてきてね。

「え？」

僕は振り向いた。てっきり、深空本人が目覚めたのかと思った。それくらいはっきりした声だった。

しかし、振り向いて見た深空は依然ベッドの上で動かない。呼吸器の音、時折かすかに響く点滴が落ちる音。

僕は、そろりと彼女に近づいて見下ろす。やっぱりあなただ。間違いない。ちゃんと聞こえた。深空の白い面《おもて》を見つめ、僕は誓った。

「ええ、約束します。渡を連れてきます」


深空と約束した手前、僕には渡を再び見舞いに連れていく義務が生じた。

何度も書くけれど、僕はファンタジー的なことは一切信じない。だけど、深空の声だけは、どうしても本物にしか思えなかった。なんの縁か知らないけれど、僕には眠る深空の声が聞こえるのだ。渡には言えない。きっと信じてもらえないだろうし、証明ができない以上、渡はからかわれたと怒りを感じるだろう。

だから、僕はいたって単純に渡を誘った。

「深空さんに会いに行こう」

一緒に牛丼店で夕食を摂った後で、渡はしばらく残ったセットのサラダを食べて黙っていた。それから、おずおずと僕の方を見る。

「おまえさ、前から思ってたけど、深空に惚《ほ》れてたりする?」

渡に若干呆れた顔で言われ、僕はぶんぶんと首を振り否定した。

「さすがに話したことない女の子は好きにならないかな」

話したこと、あるけどね。……なんて言わない。否定にならないし、渡にはわけがわからないだろうから。

それに、少しだけ嘘にもなる。僕は遠坂深空にわずかばかりだけれど、興味以外の気持ちを覚えていた。彼女が綺麗だからとか、そういう理由ではなく、本当に「話してみたい」というその言葉に尽きてしまうような淡い気持ちだ。掌《てのひら》に載せた瞬間消えてしまいそうな。

「やっぱり何度も顔を出した方がさ、深空さんには刺激になるんじゃないかな」

「……前も言ったけど、あいつはもう回復しないって見込みなんだよ」

「僕も前に言ったけど、脳は最後まで生きてるんだよ。反応があるんだよ。会いに行くことは絶対意味がある。それが渡なら余計」

深空の頼みなんだ。なんとしても叶えたかった。僕だって、少しは男をあげておきたい。

渡は随分悩んで、それから仕方ないというように頷いた。僕と渡はふたりでお見舞いの準備をした。ふたりで金を出し合い、深空が好きだというひまわりの入ったブーケを用意した。大ぶりなひまわりがかさばってブーケはとても大きく派手に見える。ケーキも持っていこうと、深空が好きなモンブランと渡の好きなチョコレートケーキを池袋のデパ地下で買った。

電車に乗って一時間ちょっとは、渡の好きだと言ったあの曲を聞きながら向かった。この前の訪問より渡は落ち着いていて、僕はといえば、深空の望みを叶えてあげられたという達成感をすでに感じていた。

「なんか、恒、機嫌いいな」

「そう？」

深空はきっと喜んでくれる。また彼女の声が聞けるかもしれない。ありがとうと言ってくれるかもしれない。

病院に着くと、受付はせずに病室へ向かう。

今日も深空は、ひとり眠っていた。穏やかな表情で眠る深空はやっぱり見とれるほど美しかった。長い睫毛が影を落とす頬はこけていたけれど、柔らかそうに見える。

そんな深空に対して、冷房が効いた部屋は、いつもどおり暗く海底のようなムードだ。

僕は明るい空気を入れたくて、思い切ってカーテンを開け、窓も開放した。ぶわっと真夏の熱風が吹き込む。病室の温度はぐっと上がったけれど、鬱々とした世界がいっきに生命力を帯びたように感じる。

振り向くと深空の緩やかなウェーブのかかった髪がひと房、シーツの上で風に踊っていた。綺麗だ。渡より色が濃いけれど、天然のダークブラウンの髪が、日に透ける。

僕は渡の顔を見た。渡は静かに深空を見下ろしていた。横に立ち、表情の乏しい顔を優しく切なく歪めて姉を見ている。渡の骨ばった手がそろりと深空の髪に伸びた。触れようとして、びくりと指先を曲げ、引っ込めてしまう。呆《ほう》けたように薄く開いた唇が結ばれる。

そんなひとつひとつの動作でわかってしまう。ああ、渡は、彼女が好きなんだ。自らの手で傷つけてしまった、血のつながった姉を、どうしようもなく愛しているんだ。

胸がきりきりと痛んだ。それはどんな種類の痛みだっただろう。渡と深空の間で、僕はどうやったってよそ者だ。僕が渡に抱いている友情も、深空に抱いている奇妙な親愛も、ふたりの無言の蜜月の間には割って入ることができないように思えた。

深空の目覚めを望んでいる。渡が幸せになるためには、彼女に覚醒してほしい。友人として切に願う。

だけど、渡の恋心は昇華の仕様がないのも事実だ。それなら、いっそこのまま。彼女が眠りながら逝《い》ってしまった方が、渡には楽だろうか？

……そこまで考えて、僕は自分の思考にぞっとした。渡の苦しみを減らすために、深空の覚醒を望んだ僕が、同じ頭で深空の死を願った。一瞬でもそんな思考に陥った自分が信じられなかった。

それと同時に、僕は胸の内にある醜い感情にも気づいてしまう。僕は、深空が目覚めた後を勝手に夢想していた。渡と深空は結ばれない。それなら、僕が彼女の恋人に立候補することだって可能なわけだ。でも、渡から奪うようなことはしたくない。それなら、いっそ僕も渡も手に入らないところへ彼女が行ってくれたら……。

「恒」

渡に呼ばれ、僕は弾かれたように顔をあげた。現実に立ち戻り渡の顔を見つめる。びっしょりと脂汗をかいていた。心臓が妙な音を立てて鳴っている。

「どうした」

「渡……」

「汗、すごいぞ。やっぱり窓閉めた方がいいんじゃないか？」

渡が訝しげな顔で僕を見ている。僕は慌てて首を振った。

「ううん、なんでもない。少しぼうっとしちゃったみたいだ」

「そっか、花瓶に花活けてくるから、深空のこと頼む」

渡が花束と花瓶を手に病室を出ていく。僕の鼓動はまだ速いままだ。どくどくと響く胸を押さえ、僕はベッドに歩み寄った。深空は何も知らない顔をして、眠っている。

「ごめん」

かすれた声で彼女に謝った。

「一瞬でも、妙なことを考えました。あなたに聞こえていたならごめん。忘れてほしい」

今にも瞳を開けそうに見えるのに、深空はやはり深い水底で眠ったままだ。僕のこめかみから頬につるりと汗がつたう。

「僕は……あなたに目覚めてほしい」

深空からの返答はなかった。

渡が戻ってくると、窓を閉め、深空の横で喋りながらケーキを食べた。一時間ほどそうして過ごし、僕らは病室を後にした。

この日、深空の声は聞こえなかったし、僕はそのことにほっとした。自分の内に知らずにあった感情は、もう考えちゃいけない。

渡と僕と深空。彼女さえ目覚めてくれたら、きっと僕らは三人で笑い合える関係になれる。僕はそう信じた。

＊

八月二日、渡が十九歳になった。この日は渡のバイトが昼番だったこともあり、夕方に遊びに行く約束をしていた。僕の誕生日は四月で、この日は渡がようやく僕の年に追いつく日だった。

ちょっと特別な気分で、友人のお祝いをしたかった僕は、チキンやハンバーガー、コーラなどジャンクな食品を買い込み、最後にホールでケーキを買った。

子どもが喜びそうな有名なネコ形ロボットの顔を模したケーキを壊さないように運ぶ。この暑さだ。渡の家までにケーキが悪くならないように保冷剤を山のようにつけてもらった。

二十分歩いて渡の家に行くと、出迎えた渡に割れんばかりの声で言う。

「お誕生日おめでとう!!」

「……ありがとう」

渡は僕の大荷物を見て、ひどく顔をしかめた。ありがとうって言うなら、もう少し笑えよ。なんだよ、その迷惑そうな顔。そう思いながら、渡が困惑すればするほど僕は楽しくなっていた。

「なんだこりゃあ」

あがり込んだ僕が勝手にテーブルに荷物を広げ出すと、渡が箱の中身のケーキを見て不快そうな声をあげた。

「何ってケーキ」

「ふたりでホールケーキとか、狂ってんのか、おまえ。後、何この青いの」

ケーキはネコ形ロボットの色である青色のクリームが塗りたくられてあり、キャラクターとしては愛着があるけれど、美味しそうには見えない。

「リアルだよね」

「リアルさ求めてねぇから」

渡は仏頂面に磨きをかけたような表情をしていたけれど、僕がいそいそと取り出したケーキにプレートを突き刺すと、とうとう噴き出した。マジパンのプレートにはチョコレートで『おたんじょうびおめでとう　わたりくん』と書かれてあったからだ。

「これ、おまえが頼んだの？」

渡がプレートを指さすので僕は自信満々頷いた。

「きちんと予約したからね。蝋燭《ろうそく》もあるよ。十九本」

取り出した蝋燭をキャラクターの顔にぶすぶす突き立てると、渡がこらえきれず笑い出した。

ケーキは結構凄惨《せいさん》な有様になった。青いキャラクターの顔は穴だらけで、おめでとうプレートが額にめり込んでいる。そして、蝋燭の炎がそれを不気味に照らすのだ。

僕らはコーラとジャンクフード、穴だらけの青いケーキで乾杯した。

「全然祝われてる感じしない」

渡が笑いながら言った。こんなに楽しそうに笑ってくれるなんて思わなかったので、僕は自分の企画がなかなかいい線をいっていたのだと嬉しくなった。

随分気を許してくれるようになっていたとはいえ、渡は基本的にはいつも無表情で無感動な男だった。

それが最近はどうだろう。ようやく心の底から笑ってくれるようになった。僕は友人として、合格かな。渡に聞けないことを心の中で呟く。

「いや、ホント怖いよ。これ、全然食欲湧かないんだけど」

「ホント、誰だよ、これ買ったの」

とぼけて言うと、渡がチキンを指代わりに僕につきつけて言う。

「おまえだ、おまえ」

渡があんまり楽しそうなので、僕もつられてたくさん笑った。

もしかすると、渡の本質はこうなのかもしれない。明朗で快活、よく笑い、無邪気で活発。家族との確執で変化を迎えた心は、事件をきっかけに完全に暗い淵《ふち》に落ちてしまった。

渡は言ってくれた。僕といれば自分の人生は消化試合じゃなくなるって。僕が彼を少しでも幸福だった頃に戻せるなら、喜んで力になりたい。姉の深空だけが彼を変えられるんじゃない。僕の友情だって、渡を変えられる。

「なあ、星が見える」

木枠の古い窓辺に肘をつき、渡が空を見上げる。まだブルーを残す空には、ぽつりぽつりと大きな星が昇り始めている。

「おー、大三角。見える、見える」

僕が脇から覗き込んで指をさす。渡はどれかわからないようで眉をひそめた。

「どれとどれで三角だよ。あれ？」

「違う違う。夏の大三角はもっと目立って大きいんだよ。ほら、あそこの鉄塔の近くにひとつ。あれがアルタイル」

「はー？　で、あとは？」

僕は渡に説明しながら、わくわくと胸に湧きあがる喜びを感じていた。夏はまだ半分以上残っていて、僕らにはできることがたくさんある。

「慣れたら簡単に見つかるよ」

僕は星を眺めながら、まだ渡に見せていない誕生日プレゼントのことを考える。今年は僕の好きな詩人の詩集にしたけれど、来年は星座図鑑にしよう。

*

夏の夕方、その日は駅のロータリーで落ち合った。今日も今日とて僕らは暇で、時間が合ったからとこうしてつるんでいた。ロータリーの上はデッキ状になっていて、僕と渡はペットボトルを手に、夕食の行先を決め兼ねベンチに座っていた。

夕日がデパートと陸橋の向こう、住宅地のさらに遠くに落ちていく。都心に出てきて、僕は空を美しく感じたことがない。東京の空はいつも白く濁り曖昧《あいまい》だ。富山の山沿いは空が劇的に変わる。故郷と比べ、関東の空を愛せないのは至極当然なこと。

しかし、この千葉の街、このデッキで見る夕焼けが美しいのは本当だった。雲の薄い層が蜜柑《みかん》色に染まり、幾重にも重なる。ドレープのような水色の空は薄青に変わり、やがて全体が濃い群青に落ちていく。いくつか星がきらめき出せば、僕はいつまでもその空を眺めていられると思う。

空が変化していく時間帯。日中の名残で気温は高く、じわりと汗が浮かんだ。

「なあ、恒、おまえは大学出たらどうするんだ？」

不意に渡が言った。

「僕？　たぶん獣医を目指すよ」

僕は真面目に答えた。勿論それは本当の夢だった。獣医学部を出て獣医にならない者は割と多い。研究職についたり、企業に就職する者も多い。

「それはいつ決めたの？」

「あー、僕ひとりっ子だからさ。小さい頃から秋田犬《あきたいぬ》の茶太郎《ちゃたろう》っていうのが弟分だったんだ。でも僕が中学の時、病気で死んじゃったんだよね。あっという間でさ。もっと早く気づけたら救えたんじゃないかなって。月並みだけど、それが獣医の志望動機です」

自分のことを話すのはちょっと恥ずかしいので、ふざけて片手をあげて、宣誓するみたいに答える。

「渡は、この先どうするか決めてんの？」

聞いてから僕は無神経だったかと内心焦った。渡はまだどこにも進めない状況だ。それなのに、自分の尺度で質問してしまった。ごまかしたい気持ちで続けて言う。

「僕が開業したら、うちで働く？」

「俺に何ができるんだよ」

「受付嬢」

「馬鹿じゃねえの？」

渡は心底呆れた顔で嘲笑して、その後は考え込むように真顔に戻った。

僕は渡が皮肉でも笑ったことにホッとしてから尋ねた。

「なんか、思うところがあるのか？」

「考えてみたんだけどさ、このままコンビニ店員は続けないかもしれない」

渡は真面目くさって答える。

「やりたいことがあるとか」

「やりたいのかはわからない。でも……うーん」

渡は言いあぐねているようだ。僕は「何？」と重ねて聞いたけれど、渡はそこではなんにも答えなかった。

渡が口を開いたのはそれから随分後で、アーケードのCD店に入ってからだった。

「旅に出てみようかと思うんだ」

渡は相変わらず真面目な顔で言った。

「旅？」

「もちろん、たくさんのことに片がついたらだけど」

たくさんのこととは深空のことだろうか、自分自身のことだろうか。

「どこまでの旅？」

「さあ、でもインドとか……タイとか。ああいうところに行ってみたい」

「どうせテレビとか雑誌で見て影響されたんだろう」

僕がからかうと、「わりーかよ」と実に素直な答えが返ってきた。

からかったものの、僕は嬉しかった。今まで様々なことに囚われ、この街にこもっていた渡の心が、外に向かおうとしている。いつのまにかその兆しが芽生えていたのだ。

「僕も、行こうかな。その旅」

僕が思い切って言うと、渡はにべもなく答える。

「ボンボン学生は勉強してな」

なんだよ、その言い方。

僕は少なからず気を悪くしたけれど、渡がさっぱりと破顔一笑したので怒り損ねてしまった。

「納得できない。なあ、僕の夏休みとか冬休みに合わせてくれよ。一緒に行こう」

「やだよ。俺、行きたくなったらその日のうちに国外脱出してやるもん。だいたい恒みたいな箱入りにな、バックパッカーなんてできねえよ」

「渡だってたいして変わらないだろ。そもそも海外行ったことあんのかよ」

「俺の方が社会経験長いからな。そのへんは心配すんな」

僕たちはそのいつになるかわからない旅について冗談交じりの言い合いを続けた。

アーケードを抜け街で一、二を争う不味い中華料理屋に入り、ゴムのような焼きそばを食べながら、議論を重ねた。

「絶対、僕がいた方がいいよ。僕、英語喋れるよ、そこそこ」

「そこそこってあたりが役に立たないよな。いいよ、俺ひとりで行かせろよ」

「僕もそういう旅を若いうちに経験しておきたいんだってば」

「ひとりでやれよ！」

散々大声で言い合い、途中で渡はとうとう僕の同行に渋々ではあるけれど頷いた。

僕は言い合いに勝ったことに子どものように喜んだ。行くなら冬休みか春休み。アジアを中心に回ろう。中国からベトナム、カンボジアのアンコールワットは絶対に見たい。タイ料理は日本人の舌に合うらしいから食べてみよう。

細部に渡っての計画を立てながら、それは夢のように遠かった。本当は、その旅を渡がひとりで行きたいのだと知っていた。ひとりで行くことに意味がある旅だ。だからこそ僕は駄々をこねてみたかったのだ。そして、渡が行きたいのなら、その背中を見送ろうと密かに思っていた。

帰り道に渡が「まぁ、お土産買ってきてやるから」と話を振り出しまで戻した時、僕は「わかった」と頷いた。

「お、どうしたの？　急に聞き分けよくなったじゃん」

渡はにやにや笑い、僕は不貞腐れたふりをして答えた。

「お土産だけどな、免税店でマカデミアンナッツとか買ってきたら許さないぞ」

「安心して待ってろよ。邪魔になるくらいでかい現地の置き物とか送ってやるから」

「いらねぇ〜」

渡にとって僕は家族だっただろうか。お土産を買って、帰る場所になっていただろうか。

僕は群青色の空を見上げた。まだ完全な闇じゃない空。僕らの上に広がる群青色の天井。渡の好きな例の曲を口ずさむ。僕もその曲が好きだった。十九の夏にぴったりと寄り添った曲だった。

夏の夜は気温が高く閉塞感《へいそく》があったけれど、僕は空気の濃さと熱気をかえって清々《すがすが》しく感じた。

世界は広く、僕たちは若い。どんなこともできそうに思えた。

第七章　故郷の夏

間もなくお盆が来て僕は富山の実家に帰った。上京して初の帰省だった。

地方出身の大学一年生はゴールデンウィークにはこぞって実家に帰るものだけれど、僕は面倒で帰らなかった。夏の墓参りくらいは帰るべきだと思って帰省を決めたのだ。

本当はこの街に残って渡と遊んでいたかった。渡は帰る場所がない。僕は帰省間際になって渡を富山の実家に誘うことを思いついた。渡となら退屈な田舎も楽しそうだ。星は本当にたくさん見えるから、子どもの頃の星座早見盤を引っ張り出して観察ができる。国語教師である父の蔵書を貸してやれば、退屈はしないはず。夏祭りに行ったり、僕の出身校を見せたりしよう。何人かの幼馴染みに会わせてみよう。

僕は大学の友人を強いて渡と会わせようとはしなかった。きっと馴染まないし、人見知りの渡には不都合だろうと思ったからだ。

あとは、まあわずかに独占欲というものもあった。渡の親友は僕だけでいいという、子どもじみた考えだ。

でも旧友となったら、話は違う。地元の友人たちは皆気の置けない仲だったし、自分の新しい都会の友を見せびらかしたい気持ちもあった。何より彼らは渡を奪わない。渡にしても旅先の出会いともなればずっと気楽なはずだ。

しかし、いざ渡を誘ってみると、あの薄情者は『お盆は稼ぎ時だから無理』とあっさり計画を却下した。『どうにかならないか』と言うと『どうにもする気がない』と取りつく島もない。確かに前言われたっけ。『友達の実家とかさ、どういう顔していけばいいわけ？』なんて。まあ、今回はいい。秋のしし座流星群の時は、もう一度説得してみよう。今度は稼ぎ時だなんて言い訳はさせないぞ。

結局、ひとりの帰省となったけれど、久しぶりの故郷の空気はそれだけで懐かしく胸に染み入るものだった。

最寄り駅に着くと母と祖母が迎えに来ていて、ふたりとも戦地から息子が帰ってきたとでもいうようなはしゃぎようだった。自宅で会った父も、表情こそ変わらなかったものの明らかに嬉しそうで、僕に晩酌を付き合わせながら学校のことをぽつぽつ尋ねる。父とそうしてふたりで話をするのはこの時が初めてだったかもしれない。

僕は家族と久方ぶりの団欒を味わい、帰省前に予想していた退屈を図らずも忘れた。そしてあらためて思った。渡にこの団欒は毒々しかったかもしれない。来なくて正解だった。渡を傷つけずに済んだ。

祖母の畑仕事を手伝ったり、両親の買い物に付き合って近隣の大きなショッピングセンターに出かけたりした。幼馴染みの友人たちと約束をして地元の花火大会に出かけ、懐かしい同級生と何人も顔を合わせた。地元で進学や就職した友人たちの話を聞き、僕もまた見知らぬ土地でのひとり暮らしや大学について語った。

「友達、できたか？」

友人に聞かれ、僕は見栄を張るつもりもなく答えた。

「気の合うヤツがいるんだ」

僕はそうして一週間ほど北陸の夏を謳歌《おうか》し、その足でサークルの長野《ながの》合宿に参加した。サークルの合宿といっても何しろ遊びサークルなので長野のキャンプ場でカレーを作り、テニスをしたくらいの合宿だ。サークルは一、二年が主体だった。僕の通っていた大学は三年生でゼミに所属するようになると、サークルだなんだという暇がなくなるのだ。

年齢の近い者同士のキャンプはとても気楽だ。僕は夏の前半中、渡と駆けずりまわっていたので、他の友人と遊ぶのは新鮮で楽しかった。渡とは味わえない仲間の娯楽を満喫した。

三泊四日の合宿の二日目の晩に渡から電話が来た。帰省中、僕たちは幾度か携帯で電話をしたけれど、いつも僕からかけるばかりで渡からの着信は珍しかった。

「よう、長野はどうだ」

山の中は電波が悪く、渡の声はぶつぶつ途切れた。僕は仲間の輪から抜け、電波のいい所を探して歩く。後ろから仲間の囃《はや》す声が聞こえた。

「白井ィ。彼女から電話かー?」

僕は片手をあげて、ごまかす。きっと仲間は僕が可愛い彼女と電話していると誤解するだろう。それはそれで愉快だ。

開けた広い駐車場でようやく電波状況がよくなる。

「明後日《あさって》そっちに帰るよ」

僕が言うと「そうか」とかすかな返事が返ってきた。それからいつもどおりの世間話をして、少しした頃、渡はぽつんと言った。

「深空、そろそろ駄目らしい」

あまりに簡単にさりげなく言うので聞き流してしまうところだった。その言葉の意味を理解して聞き返す。

「深空さん、具合悪いのか」

「自発呼吸できなくなった。心臓も弱ってる」

渡は小さな声で答えた。

渡の母親から、僕に連絡は入っていない。そうなると、渡は病室を訪れてその情報を知ったのだろうか。それとも、母親から連絡が入ったのだろうか。そうでなければ詳しい病状を知ることはできないはずだ。

「啓治からご丁寧に消印のないハガキが部屋に届いてた。絶対に、深空に近づくなってさ。死に目に会わせたくねえんだろ」

「……あの男に何もされてないか？」

「まあな」

渡は曖昧に答えたけれど、消印のないハガキということは、啓治は渡の部屋に来たのだ。監視していると言いたいのだろうか。その執念にぞっとする。

「一応、報告」

渡は極々小さく言い、会話を終えようとする。

遠坂深空が死んでしまうかもしれない。あの眠り姫がいなくなる。渡の心は今、苦しいはずだ。きっと、痛くて立っていられないほどだろう。

「僕、合宿切り上げて帰ろうか？」

僕が帰ってなんになるというのだろう。それでも今、渡をひとりぼっちであの街に置いておきたくなかった。渡さえよければ、もう一度見舞いくらいは付き合えるかもしれない。たとえ、啓治に睨まれることになってもだ。

ふたりで深空に呼びかけて、何か現状が変わるかはわからない。でも、僕もじっとしていられない気持ちになった。

「いいよ。恒は合宿を楽しんでこい。そうだ、明後日、上野まで迎えに行ってやるよ」

その後、僕たちは少し違う話をして電話を切った。僕は空っぽの駐車場の真ん中に腰を下ろし、空を見上げた。ベガ、アルタイル、デネブ。じっと見つめ続けているうち目が痛くなった。何かが終わる感触が携帯電話の回線を通じ、ぼんやりと伝わってきた。僕はアスファルトに横たわり、しばらくそうしていた。アスファルトは日焼けしたにおいがした。

二日後の午後遅い時間に、僕は上野《うえの》駅で渡と再会した。待ち合わせは、当時は上野駅構内にあったジャンボパンダ像の前だ。日に焼けた僕に引き換え、渡は白いまま。バイト先と図書館くらいしか出かけていないんだろうなとわかる。

荷物をコインロッカーに預けてから、ふたりでアメ屋横丁をぶらぶら歩いた。魚や乾物のにおい。人混み、喧騒。日曜で人出は多く、ひどく蒸し暑い。

僕たちには特に行く当てもなかった。食事には少し早く、かといってただ歩くのも手持ちぶさただった。そのままなんとはなしに交差点を渡り、散歩の足を上野恩賜《おんし》公園へ向けた。

公園は上野動物園に隣接している。鳩と親子連れが多かった。動物園の門前で一応「入る？」と聞くと渡は首を左右に振った。仕方なしに不忍池《しのばずのいけ》付近に下り、池の周りをぐるりと散歩した。池からはどぶくさいにおいがした。

「ライギョ、いるかな」

僕は暗い水面に視線を落とす。

「何それ」

「魚。でかいドジョウを想像するとわかりやすい」

「気持ち悪いな」

　渡はライギョを知らないそうだ。僕も小さな頃、父親と釣りで見かけたくらいだけど。

「今度、手賀沼に釣りに行こうか」

　僕が言うと渡は嫌そうな顔をした。首をぶんぶんと振って、拒否の姿勢だ。

「あんなどろどろの沼に行きたくない」

「どろどろなのは一部だよ。それにどろどろの沼だからライギョがいるんじゃないか」

「そんな所に住むやつ、食えそうにないからいらない」

「昔は食用だったらしいよ」

「じゃあ、おまえ食うの？」

「いや、食べないね」

　不忍池には蓮《はす》が群生している。時季的には花が見られそうなものだったけれど、僕たちの近くに蓮花《れんげ》はなかった。遠く池の中央付近に二、三咲いていた花を、僕たちは夢でも見るように眺めた。ぽちゃんと手前で音がする。葉の上で寝そべっていたアマガエルが一匹、濁った水の底を目指して潜っていった。

「深空が死んだら、俺は楽になるのかな」

渡が言った。僕がはっとして横を見ると、渡は手すりにもたれ顔を伏せていた。

「もう誰も、俺を罰しちゃくれない」

「渡はもう罰を受けてきたじゃないか」

僕は強く言った。いつまでも渡を罪に縛りつけておきたくない。

渡は腕をずらし、顔だけ僕に向けて答える。

「ちょこっと施設に入ったくらいで、俺が許されると思ってるのかよ」

皮肉げな笑みに僕は押し黙った。この件について、当事者でない僕はことさら発言力が弱かった。僕では渡の苦痛のすべてを理解し得ない。

「深空が意識を取り戻すこともなく、ただただ病室で横たわって生きていることは俺にとっての罰だった。俺はあいつを殺し続けて、あいつは俺にそれを見せつけ続ける。でもあいつが死んだら、俺を罰する者は誰もいなくなる。恒、おまえといると俺は自分が罪人なのを忘れちまってなんだかいろんな夢を見る。旅に出たいとかさ。本当はそんな資格ないんだよ」

「暗いよ、その考え。センチメンタルすぎる」

「そうかもな。でも、俺は誰かにそう言われ続けたいんだ。安らかに眠るなと言われたいんだ」

渡の不幸な思考が、僕は悲しかった。これが他の者なら、もっとあっさり「くだらない」「悦に入っている」と蔑《さげす》んでやるんだろう。だけど僕は、渡を引き止め隣につなぎ止めておく言葉を持っていないのだ。

また一方で、僕は冷静に渡の奥の本心を読み取っていた。もっと単純な思考として、渡は深空に死んでほしくないのだ。それが恋愛感情か肉親愛なのかは本人ももうわからないかもしれない。それでも、渡は深空がこの世から消えていくことがたまらなく悲しい。

〝僕がいるじゃん〟。

深空がいなくなっても、渡には僕がいる。親友が隣にいる。そんな冗談とも本気ともつかない言葉が出かかった。しかしいつも存外に真面目な僕は、そんな軽い言葉を言い損ねる。

僕たちはじっと池を見つめた。遠くのビル群が熱気でゆらゆらしていた。

「なあ、渡。おまえ、やっぱりそんなどん底の思考じゃよくないよ」

「姉が死にかけてて、俺の人殺しが成立しそうな時に、明るくいられるかよ」

渡なりの茶化し方だったけれど、やっぱり悲しすぎて、僕はわざと大きな声で言った。

「よし！　僕が生きている実感を持たせてやる！」

僕のテンションの変化に渡がゆるゆると顔をあげ、手すりからこちらに向き直る。

「僕を殴っていいよ！」

「……暑くて頭おかしくなった？」

「そうじゃないよ！　殴り合いって、若者らしいだろ？　少なくとも僕と渡は生きてるんだよ。生きてる実感を覚えておこう」

「馬鹿らしい……」

渡が本気で馬鹿にした声で言う。こっちはおまえを元気づけようとしてるっていうのに。

イライラが噴出してきて、なんだ、無理しなくても殴れそうだなぁなんて思う。僕は胸を張って宣言する。

「よし、じゃ僕から行く」

「え？　は？　……何言ってん……」

渡の言葉が終わる前に僕は握り締めた右拳を渡の左頬にぶつけていた。

「っっってぇぇぇ！」

渡が呻き、前かがみになる。やりすぎたかなと内心ヒヤヒヤしながら、僕は外見上は堂々としていた。何しろ、殴り合いなんてしたことがないのだ。加減なんかわからない。

するとの頬を押さえたまま渡が顔をあげた。ぎりっと僕を睨んでいる。

「お望みどおりにしてやるよ！」

「おう、来いよ！」

半分強がって答えると、すぐさま渡の拳が僕の左頬にめり込んだ。

「うっわ……！　いったぁぁ！」

「……もうおまえホント最悪。恒、マジ馬鹿。すげー馬鹿」

渡は再び頬を押さえて言い、僕はその場でうずくまった。

生きている実感、そんなものは方便。なんとか渡に活力を出してほしくて言ってみたけれど、これはだいぶ失敗だったみたいだ。

「も……やめよ。うん……生きてる実感ありまくりだけど、痛すぎ」

「自分で言って殴っておいて、リタイアとか、ホント有り得ない。おまえ死刑。今すぐこの池で入水自殺《じゅすい》しろ！」

渡は「お前は最悪だ」だの「馬鹿野郎」だのと、まだ罵っていたけれど、続ける気は僕同様ない様子だった。

僕らは自動販売機で缶ジュースを買って頬を冷やしながら電車に乗った。

渡の気持ちが紛れてくれたかといったら、けして成功はしていないと思う。だけど、帰り道の渡は怒ったり笑ったりしてくれていたから、あの時の僕の行動はあながち間違いでもなかったのかもしれない。
そんな言い訳だけさせてほしい。

第八章　群青の帳《とばり》

これから書くことについて、僕は二十五年経った今でも平静な気持ちで思い起こすことができない。

＊

二〇〇一年の九月がやってきた。朝夕の気温が下がり、ある日ふと空気に秋の匂いを感じる。香ばしい草の香りだ。この街は駅前こそ華やかだが、十五分も歩けばすぐに田園にたどり着く。稲穂がほんの少し色濃くなる時分である。道路には蝉《せみ》の死骸《しがい》がいくつも転がり、端のコスモスは今にも花びらを開きそうだ。台風がやってきて、駅前にある商店の看板を壊していった。夏の終わりである。

とはいえ、日中はまだ真夏のように暑い。そして大学生の夏は長く、僕の夏休みはあと半月以上も残っていた。

「海に行こう」

渡が言い出したのは九月に入ってすぐだ。深空の容体は小康状態らしく、続報が入ってこないため、僕らは見舞いにも行けず、かといって大っぴらに遊び歩くのもどこか悪いようで、じりじりと毎日を過ごしていた。渡の提案は、深空の容体をともに心配している僕に、気晴らしさせようという意味もあったのかもしれない。

その日の僕たちは数日前に録画しておいた洋画を前夜に遅くまで見て、その後も本を読んでいたため、昼過ぎまで僕の部屋で眠っていた。

渡がうちに泊まる時には、長座布団を敷き、洗い替え用のタオルケットを貸すのが恒例だったけれど、海の件を言い出した渡は、目覚めてからもそこにごろりと転がって雑誌を読んでいた。

「海に？　いつ？」

「明日。今日は俺、これからバイトだから」

「明日ね、うん」

僕はよく考えもせず頷いた。アルバイト等の所用のない僕はいつだって時間を空けられた。それにこの夏は、誰とも海にも行かないうちに九月になってしまっていた。渡と行ってみるのもいいかもしれない。クラゲはたくさん出ているだろうけれど。

渡が、がばりと身体を起こして言う。

「計算したところな、片道三時間半で海まで行ける」

「はぁ？　おまえどこの海に行く気だよ」

海ならこの街から電車で四十～五十分だ。湘南《しょうなん》だって二時間あれば着く。

「自転車を使えばそのくらいはかかるだろ」

渡はこともなげに答えた。僕は頭を抱える。

「正気で言ってる？」

「何、その言い方」

「自転車で海までって？　この暑いのに？　海に入ってクタクタになって、また自転車漕いで帰ってくんのかよ。っていうか、僕もおまえも自転車持ってないだろ？」

矢継ぎ早に言うと、渡は僕を小馬鹿にしたような目で見る。

「これだから、箱入り息子は」

とてつもなく馬鹿にされた気分だ。軟弱者のそしりを受け、苛立ちで頬をひくつかせながら問い返す。

「じゃあさ、試しに渡の立てたプランを教えてよ」

「駅前でレンタサイクルを借りるんだ。朝七時にここを出る。実はこの前思い立って地図を買ってみたんだけど、ほら。このルートなら昼前には海に着くぞ」

渡は長座布団に寝ころんだまま手を伸ばし、鞄を引っ張り寄せると、がさがさと地図を取り出す。見れば、順路のマーカーが引いてある。なんだよ、やる気満々じゃないかよ。

「一応、聞くけど、海で何すんの？」

「え？　泳ぐ。泳ぐ以外、何するものなの？　海って」

「あ、はい。泳ぎますよね、はい、済んません」

そりゃ、渡がナンパ目的で行くはずもないのはわかっていたけれど、真剣に泳ぎにいくつもりだったとは。

正直に言えば、ものすごく気乗りがしなかった。海はまだしも、暑い最中になぜ自転車なんだ。ロードバイクじゃなくて、ママチャリの延長みたいなレンタサイクルで行くなんて、もはや修行だぞ。たぶんとんでもなく疲れるし、凄まじく日焼けするだろう。

そもそも泳ぐなんて言っているけれど、渡が水着を持っているとは思えない。僕は当然持っていない。これから買いに行くことになるのか？

しかし、それらの面倒くささと同じくらい、面白そうと思ってしまう僕がいた。夏の思い出としては悪くないぞ。渡の企画となればいっそうだ。クタクタのボロボロになって帰宅するのもいい。筋肉痛で動けなくなるのも、日焼けが泣くほど痛くなるのもいい。この先、明日の海旅行を思い出として話すたび僕は言ってやるのだ。「言い出したのは渡だからな」と。鬼の首を取ったかのように、上から目線で言ってやるのだ。

「いいよ、自転車で行こう」

「お、やっとその気になったか」

僕が頷くと渡はにっと笑った。無謀な計画にのってきたのが嬉しかったに違いない。

「明日の朝七時、駅のレンタサイクルのとこな。遅れんなよ」

「渡こそ、遅れんな」

「遅れねぇよ。昼までに海に着きたいからな」

水着は僕がふたり分まとめて買いに行く約束になった。まあ、僕も暇なので問題ない。アーケードのスポーツショップでセール品でも買おう。

それからしばらく、だらだらクーラーの風に当たっていた渡は、四時過ぎに僕の部屋から直接バイトに行った。と思ったら、出ていってすぐに、忘れ物で戻ってきた。携帯電話をテーブルに置きっぱなしにしていたのだ。これで、明日も連絡がつくとかそんな話をして、その後、渡は何かひと言、僕に言った。確か僕たちは顔を見合わせて笑ったのだ。

しかし、僕はこの暫時のやりとりをどうしても思い出せない。

＊

翌朝は快晴で、抜けるような青空はサイクリング日和にも思えたけれど、気温が高くなるのも必然といった陽気だった。

僕は朝食を駅前のコンビニでふたり分買った。おにぎりを三つずつとお茶のペットボトル。リュックサックには昨日買った水着が二枚。お揃いにしてやろうかと思ったけれど、渡の嫌そうな顔を見るために、僕まで恥ずかしいペアルックに参加したくない。それに海で見知らぬ人たちに妙な仲のよさを披露したくない。そんな理由で、セール品の中からデザインも色も違うものを購入した。

駅のレンタサイクル店はデパートビルの一階部分で、ロータリーから横の路地に入っていくとある。僕はレンタサイクル受付近くのガードレールに腰かけ、先におにぎりを食べた。食事と気温で、もう汗が噴き出てきそうだ。これからもっと暑くなるだろう。

やがて腕時計が七時をさした。渡は現れない。

ほら、見たことか。渡の方が遅刻じゃないか。まあ、あいつはアルバイトをしているから、案外昨日は忙しかったのかもしれないな。少しくらい遅れるのは許してやろう。

僕はいつ連絡が来てもいいように携帯を握り締める。マナーモードにして、振動を感じられるようにしておく。

ところが、一時間近く待ったけれど、渡は待ち合わせ場所に来なかった。さすがに遅いと、携帯に電話をしてみた。七回呼び出しベルが鳴って留守電につながった。

大方ひどい寝坊でもしているのだろう。

僕は追加でもう十五分待った。渡はやはり来ない。携帯は何度かけても八コール目の途中で、留守電になってしまう。まったく、どうなっているんだ、あいつは。業を煮やして、僕は家まで渡を迎えに行くことにした。これはそうとう熟睡しているのだろう。ドアをたたくくらいで起きるかな。僕は自分の想像に、疑いすら持たなかった。

その時だ。

——渡!!

深空の声がした。深空の切羽詰まった大声が僕の背中にぶつかった。

「え?」

あたりを見回した。やはり渡は到着していない。それなら、今の声はなんだ。深空はどこに向かって渡を呼んだんだ? どうしてそれを僕に聞かせたんだ?

ぞわりと背筋が震える。僕は渡の部屋に向かって、早足で歩き出した。

駅から徒歩二十分の渡のアパートに到着すると、おんぼろアパートの前に人垣ができていた。時刻は八時半だ。普段、これほど人が集まるような場所でもない。すぐ近くにパトカーが三台停まっている。警察官が人の群れを押しやるのが見え、黄色い規制線のテープが見えた。わやわやとざわめく野次馬。下がってくださいと声を張る警察官が数人。全身が総毛立った。

嫌な予感が黒雲のように、僕の胸を埋めていく。どんどんと心臓が有り得ない音で鳴り響く。歩みを早め、野次馬の輪の中に突っ込んだ。

「ササレタンダッテ」

「オトコガニゲテイクノヲミタ」

「キュウキュウシャキタトキ、イシキナカッタヨネ」

「コワイネー」

次々に耳に飛び込んでくる言葉で、何があったのか聞くまでもなかった。嫌な単語がたくさん溢れている。無神経な言葉で溢れている。

僕は人垣を掻《か》き分け、黄色のテープの最前列に躍り出る。警察官に下がりなさいと押し留められ、平気で押し返した。そして路上に広がる生々しい血溜まりを見た。


それからどこをどうしたのか。大通りでタクシーを拾ったのは覚えている。

搬送されたという救急病院の名前を告げ、錯乱気味の頭で祈った。どうかどうか間違いであってくれ。どうかどうか。震える指で履歴を押し、渡の番号にかける。留守電につながり切ると、またすぐにかけ直す。

ずっと携帯を鳴らし続けた。早く出てくれ、渡。そして僕の馬鹿な勘違いを笑ってくれ。

タクシーの運転手が呑気な口調で、どうしたのお兄さん、と問うてくる。僕は「友達が」と言ったきり涙が出てしまって、携帯を握り締めてぶるぶる震えた。怖くて、怖くて、涙腺がおかしくなっていた。運転手は悪いことを聞いたとばかりに前に向き直り、かなりスピーディーに僕を病院まで運んでくれた。

受付に駆け寄って早口に問う。さっき運ばれてきた男の部屋を教えてください。僕の友人なんです。早く。頼むから、早く遠坂渡の病室を教えてくれ。

僕が教えられ向かったのは、別棟一階、隅の部屋だった。騒がしい救急処置室の横を通り、さらに長い廊下を進む。誰ともすれ違わない。

廊下の最奥にある薄暗い部屋にたどり着く。その部屋で、渡は取り澄ました顔をして眠っていた。静かに、静かに眠っていた。

そして僕は、彼の心臓が一時間ほど前に止まったことを、やってきた医師に聞かされた。運ばれた時点で脈はまだあったらしいけれど、意識は戻らず、出血が止まらなかった。処置の甲斐《かい》なく渡の身体は生命機能を終えた。説明した医師は凍りついている僕を置いて、そっと部屋を出ていった。

僕は薄暗く冷房で冷え切った室内に渡とふたり、取り残された。渡の身体はすでに清められ、薄青の病衣に包まれていた。傷のある腹部は見えないし、血の痕跡もどこにも見えない渡は、昨日僕の部屋の長座布団で横になっていた時と同じ顔をしている。

恐る恐る頬に指をくっつけてみる。渡の頬はまだうっすらと温かく、感触は柔らかかった。

「渡ー」

僕は思い切って呼びかけてみた。起きるかもしれない。医者は渡が死んだと言ったけれど、とても信じられなかった。どう見ても寝てるだけだろう？

「渡、海は？」

答えは帰ってこない。渡の唇は閉ざされたままだ。

「僕、水着……買っちゃったよ？」

答えない渡の肩に手をかける。痩せた薄い肩は、病衣越しでもやはりまだ温かい。ぐいぐいと押してみる。渡の力の抜けた身体はぐらぐらと揺れ、僕が手を離すと元の位置で糸の切れた人形のように動かなくなった。

「渡。……渡、おい馬鹿。起きろよ……海は？　なあ、海は？」

言いながら再び涙が溢れてきた。ああ、もう取り返しがつかない。渡は死んでしまった。

「渡、渡ーっ！　起きろよ、この馬鹿！　カッコよくねぇぞ、こういうの！　タチ悪いぞ！」

その後、僕はどうしたのだったか。叫んだかもしれない。取り縋《すが》って泣いたかもしれない。実際、何をしたか覚えていないんだ。

ただその刹那《せつな》のほとばしるような激情。言葉に尽くせぬ狂乱。これほど壮絶な後悔があると、この瞬間まで僕は知らなかった。僕がどれほど泣き叫んでも、渡のまぶたは閉じられ、鳶色の瞳はもう見えなかった。

警察に伴われ、渡の両親が到着した時、混乱の極みを過ぎ機能停止状態にあった僕は、横たわる渡の肩に頬を寄せ、ぼうっとしていたらしい。渡の母は僕を見て、夫であるその人に何事か告《つ》げた。僕が渡の友人であるという説明だろう。それから夫妻が頭を下げる。僕はのろりと立ちあがり、頭を下げ返して一歩後ろに引いた。

渡の母がよろよろと遺体に近づいた。両手で頬を包み、嗚咽する。

「渡、ごめんね、ごめんね」

あとはもう、彼の母親が息子の遺体に縋って泣くのを放心して見守っていた。僕の心にはこの現状に対してまだなんの対処策もなく、ここから去ることも思いつかなかった。


午後三時過ぎになって渡の義父に知らせが入った。彼の実子・松井《まつい》啓治が都内で、自殺体で見つかったとの報だった。義父はがくりと肩を落とした。啓治は十階建てのビルから飛び下りたらしく、所持品から血まみれの包丁が見つかったそうだ。

調べなくても、その血が渡のものであることは推察できた。渡を殺したのは啓治だ。深空の病状悪化が引き金となったのだろうか、最初からいつか殺すつもりだったのだろうか。当事者が死んだ今となっては真実はわからない。わからないけれど、啓治として、思うところがあったのだろう。渡を許せない気持ちが限界を超えたのだ。でも、こんなやり方しかなかったのだろうか。

僕は呆然《ぼうぜん》と考えるだけで、怒りも何も湧かなかった。心がついていかなかった。様々なことが一時《いっとき》に起こった。

憔悴《しょうすい》しきった僕が自分の部屋に戻ったのは夜九時過ぎだった。渡は明日検死解剖され、明後日密葬の後、荼毘《だび》に付《ふ》される。暗くて蒸し暑い部屋に入り、エアコンをつける。ぶんと起動する備え付けの古いエアコン。帰り道に買った缶コーヒーをパイン材のテーブルに置いて、僕の心は動かなかった。

部屋にはまだ渡の私物がたくさんあった。コンビニの制服、雑誌や文庫、この前僕があげた詩集、ふたりで折半して買ったＣＤ、勝手にうちの風呂場で洗ってベランダに干されたスニーカー。現実感がなかった。今日は依然昨日の続きでしかないように思われた。

とにかく喪服を揃えなければならない。携帯電話で実家にかける。はい、白井です、と母の声が聞こえ、僕は自分であることと喪服が入り用であることを端的に告げた。

「どうしたの、喪服なんて」

母がやや驚いた口調で問う。僕はその言葉で再び現実に立ち戻された。

本当だ、いったいどうしてこんなことになってしまったんだろう。僕は今朝、海に行く予定だったのに、どうして夜には喪服の心配をしているのだろう。涙が溢れ出し滝のように頬を流れ、フローリングに落ちていった。そのまま号泣してしまった僕に母親は何ひとつ聞かず、翌日夜には喪服が着くよう手配してくれた。


渡の葬儀は質素なものだった。両親と親戚《しんせき》とが参列者のほとんどで友人とおぼしき人間は僕だけだった。渡が死んだ一昨日と同じよく晴れた日で、坊さんの間延びしたお経が寺の本堂に暑苦しく響いた。

最後に花を手向けようと、カゴいっぱいの白菊《しらぎく》と白百合《しらゆり》を渡の棺に入れていく。棺の中の渡は相変わらず澄ました顔をしていた。どちらかというと、機嫌よく眠っているように見える。無愛想だった渡。嫌なことがあると、よく眉間に皺を寄せた。今その部分は平らだ。僕は彼の眉間を人差し指で撫でた。さらさらとして皺は寄っていなかった。それが彼に触れた最後だ。

出棺を見送り、僕はひとり葬儀場を後にした。火葬場まで行く気にはなれなかった。霊柩車が遠く走り去る。後を親族が乗るマイクロバスが、追いかけていった。

ふと見上げた空は高く、美しい秋晴れだった。なんだ暑い暑いと思っていたけれど、空はちゃんと変化している。ここ数日で夜間はぐっと気温が下がった。アキアカネが幾つも飛んでいる。僕の真横でも一匹ホバリングして、くるりと向きを変えると、舞いあがっていった。

もう海とか行く感じじゃなくなっちゃったな。やっぱり、一昨日行っとけばよかったんだよ。なあ、渡。

僕は胸の内で渡に呼びかけた。渡が、そうだな、と笑った気がした。気のせいだと知っていた。今度ばかりはどこからも声は聞こえない。

電車に乗り、僕は自然と泣き出した。葬儀中はほとんど涙が出なかったというのに。昼日中の電車はあまり乗客がいなかったが、それでも僕の姿は異様に映っただろう。大の男が顔を覆いしゃくりあげながら泣いている。中年女性の集団がひそひそと何か言い合っていたけれど、どうでもよかった。

僕にはもう全部わからなくなっていた。渡が死んでしまった。まだ知り合って四ヶ月しか経っていなかった。映画だって数回しか行っていないし、海にも行けなかった。渡はまだ僕の蔵書を全部読み終えていない。サッカーを見に行った時、帰りに『次はナイターに行こう』と言い合ったのに、ろくに計画だって立てていなかった。いつだって果たせると思っていたからだ。

渡が出るはずだった旅、渡を採用してやるって勝手に決めた僕のペットクリニック。僕たちはまだとても若く、幼く、なんだってできたのだ。なんだってふたりで楽しめた。しかし、僕ひとり残されてしまった。こんなところにひとりきり。ひどいじゃないか、こんなのあんまりだ。僕はむせび泣いた。渡が死んでから一番泣いた。

やがて電車が駅に到着する。僕は無意識にある場所へ向かっていた。泣きながら電車を降り、泣きながらそこに向かって歩いた。あんまり激しく泣きすぎて、途中何度もしゃがみ込む。吐き気と頭痛がひどい。でも、その倍は胸が痛かった。

白亜の建物の七階。海底の遺跡のような病室に彼女は眠っていた。呼吸器が静かな音を立てる。その時、僕はどうして彼女に会いに行ったのだろう。

まじまじと見た遠坂深空はあまり渡に似ていなかった。痩せた頬、痩せた肢体。彼女のいる一部だけこの世から外れている。

深空の声を聞き、渡とともに彼女に会いに来て、僕はたまに考えた。彼女のいる場所はどれほど暗く深い場所なのだろう。水底の病室で眠る深空。きっと美しい闇《やみ》を内包してそこに沈んでいる。

今にして思えば、生前の渡もそこにいたのだ。彼女の抱える闇を懐かしく見つめ、眠る姉に寄り添って。僕は結局蚊帳《かや》の外。何ひとつできやしなかった。

「ねえ、深空さん。これで満足?」

渡が生き続けるのは「死に切れなかった」からではない。命ある限り、姉を愛し続けるためだったのだ。

この理不尽な結末に、僕は渡が彼女に奪われたような気がした。

「渡はあなたのそばに行ったよ。連れていきたかったんだろ？　最初から」

深空の声は聞こえない。

僕に話しかけたじゃないか。それなら、もう一度声を聞かせろよ。僕を通じて、渡を呼んでいたんだろう。

「渡はあなたの弟だったかもしれないけれどさ……僕の友達だったんだよ……」

力なく言った声は水底の病室に吸い込まれ、消える。

僕は泣き続けた。悔しかったし、悲しかった。自分は渡のなんだったのだろう、と考えた。渡が姉の元へ行くのを助けただけだったのか？　渡を死地に追いやったのは僕だったのか？　僕が渡と深空をつなごうとしたことが、結果渡の死を招いたのではなかろうか。

「渡を……返して」

返してほしい。渡をここに返してほしい。友達だったんだ。大事な大事な友達だったんだ。渡の痛みを僕は理解しきれなかった。だけど、渡は僕といれば笑えたんだ。あいつは幸せに生きていく資格があったんだ。

ベッドの横の椅子に腰かけ、僕は涙が出るままに嗚咽し続けた。随分時間が経ったようにも、一、二分だったようにも思える。僕は尽きない涙で顔を濡らし、低く呻いていた。

だからその声はまったく不意打ちだった。

「どうして泣いているの？」

声が聞こえた。聞いたことのある軽やかで柔らかい女性の声だ。僕は驚いて顔をあげた。

声の方向、目の前のベッドに横たわる彼女を見る。遠坂深空は、顔をこちらに向け、大きな瞳を開けていた。僕は一瞬わけがわからず固まり、次に瞠目《どうもく》した。

彼女は口元を覆う呼吸器を緩慢な動作で除け、まるで母親のような慈愛溢れる眼差しで泣き顔の僕を見つめた。渡とは違う色の美しい虹彩は、きっとずっと僕と渡が見たかったものだ。

「お願い」

彼女は言った。

「渡を呼んで。話があるの」

そして、夢見るような眼をゆるゆる閉じた。

第九章　星は今でもあの空に

渡の事件は一時世間を騒がせた。被害者が犯罪歴のある未成年。殺害された理由は過去の罪にまつわる怨恨《えんこん》。それだけでマスコミにはセンセーショナルだった。「少年A」と報道される渡に僕は胸を痛めたが、直後に米国で大きなテロが起こり、報道はうやむやになっていった。二〇〇一年の九月のことである。

僕は渡の葬儀の日から毎日、遠坂深空の病室に通い続けた。朝から晩までそこで彼女が起きるのをひたすら待った。そこには、渡と深空の母親もいた。僕らは毎日取り留めのない話をし、持ち込んだ文庫を読んだりしながら、深空の覚醒を待った。渡の話はどちらもほとんどしなかった。お互い、まだ冷静に話せる気分ではなかったし、そもそも現実感がまったくなかった。深空は一瞬の目覚めが夢だったかのように、また昏々《こんこん》と眠り続けていた。

渡の葬儀の日から数えて十日目の朝のことだ。その日は、彼女の父親も病室に来ていて、僕らは彼女の容体について、医師から聞いたことを話していた。自発呼吸が戻り、本当に寝ているだけの状態になっているということ。いつ目覚めるともしれないこと。

すると、絹ずれの音が聞こえた。弾かれたように振り向いた僕の目に映ったのは、目を開け天井を眺める深空の姿。

「深空!!」

彼女の両親が同時に叫んだ。深空は大きな瞳を何度か瞬かせ、眩しそうにしている。

「深空、わかる？　お母さんよ！」

母親が呼ぶ声に、深空は反応しない。横で父親も呼びかけるけれど、同じことだ。

僕はおずおずとその後ろから彼女の白い面を覗き込む。すると、ぱちっと目が合った。深空は僕を見ている。しかし、その瞳に感情はない。とっくにナースコールは押されていて、駆けつけた医師と看護師が意識の戻った深空の診察をした。反応が鈍く声も発しない深空はすぐに検査室に運ばれていってしまった。

「深空が目覚めたわ」

母親が泣き出し、その肩を父親が抱く。それぞれの息子を失ったふたりに残されたたったひとつの希望が深空だった。

「あの……僕、深空さんのお見舞いに通ってもいいでしょうか？」

僕は改めて聞いた。深空の先ほどの状況だけでは、これが喜んでいい目覚めなのかどうかわからなかった。できることなら、彼女が普通の生活を送れるようになるまで見届けたい。渡がそれを見守ることは叶わないのだから。

「もちろんよ、白井さん」

「私からもお願いします」

両親に頭を下げられ、僕はひどく恐縮した。

二日後に病室を訪れると深空と彼女の母親がいた。深空は今日もぼんやりと天井を眺めていた。

「深空、お客さんよ」

一昨日と違うのは母親に言われた言葉に深空が反応を示したことだ。彼女はぎぎっと軋みそうな動きで首を巡らし、僕を見た。

「あ。……う」

「白井くんよ」

僕は迷った。僕という存在をどう説明したらいいかわからなかったのだ。彼女の弟の友人であることは間違いない。しかし、そのためには〝弟〟の話をすべきであり、目覚めたばかりの深空に渡の死を伝えていいものだろうか。あの日、僕の前で目覚めた彼女は『渡を呼んで』と言ったのだ。

「ほら、深空。以前、ご近所に住んでいたお友達じゃない。忘れちゃった？」

彼女の母が妙なことを言い出し、僕は驚く。しかし、反論する空気でもなく、黙って彼女を見つめた。深空は何か思い出そうとしているのか、眉間に皺を寄せ、目を細めた。結局、大きな反応はそこまでで、深空は視線を天井に戻すと、諦めたように目を閉じ眠りについた。

寝息が深くなった頃、彼女の母が呟いた。

「深空ね、覚えてないかもしれないって」

「え？」

「眠りにつく前の出来事。いくつも忘れてしまっているかもしれないってお医者様が言うの」

所謂、解離性健忘《かいりせいけんぼう》というものらしい。ストレスなどが原因で記憶を思い出せなかったり、抜け落ちたりするという。深空がこうなってしまった原因、そして三年間のブランクを考えれば有り得ない話ではなさそうだ。

「どの程度、覚えているんでしょう」

僕が問うと、母は首を振る。

「まだ、言葉が完全じゃないし、眠っている時間が多いからわからないの。兄弟がいたってこともわかっていないかもしれない」

ぞくっとした。深空は渡のことも啓治のことも忘れてしまったというのか？　あんなに彼女のことを愛したふたりを忘れてしまったのか？

「僕が……話しかけてもいいものですか？」

「白井くんのことはお友達だと勘違いさせてしまっていいと思う。あの子、学生時代のお友達が来るわけでもないし、白井くんが来てくれることは絶対にいい刺激になるはずだから。いいかしら？」

「もちろん、僕でよければ！」

彼女の母親が僕を頼ってくれるのは嬉しかった。思えば、彼女の両親は犯罪の加害者と被害者の親であり、社会的立場は厳しいものがあっただろう。そんななか、事情を知り、渡と最後まで行動をともにしていた僕は、当事者のひとりであり、少なからずの信頼と共感があったのかもしれない。

翌日から、僕は深空の病室に通うことにした。授業は再来週から。まだ時間はあり、僕には他にやることが見つからなかった。

「おはよう、深空」

僕は古くからの友人になりきった。親しげに病室にやってきて、彼女に話しかける。深空は必ず僕の顔を見るけれど、何も言わず、ぼうっとしていることが多かった。しかし、僕は諦めずに通い続けた。

最初の数日、反応が鈍かった深空は目覚めて五日も経つと、僕の存在に慣れた。友人という存在を理解したらしい。さらには、片言の言葉を話すようになってきた。

「こうくん」

「なに、本読む？　どれがいい？」

僕は用意しておいた写真集をさし出す。字をどれほど覚えているかわからないからと、花や動物、空や星の写真集をたくさん持っていった覚えがある。

「ほし、の。きれいなの」

深空は不自由な言葉を駆使しながら、ふわりと笑う。警戒心のない隙だらけの表情に胸がドキドキした。いつ目覚めるのかわからず、眠り姫として見つめていた時の深空は美しかった。でも、現実に身体を起こし、花のように笑う彼女は、愛らしく守りたくなる存在だった。

「うん、星のやつ見ようね。ほら、オリオン座、知ってる？」

「わか……ない」

「冬の空で一番見つけやすい星座だよ」

僕は穏やかに語りかける。冬の大三角、冬のダイヤモンド。写真を指し、ひとつひとつ彼女となぞる。


深空の言葉は日に日に上達していった。それと同時にわかったのは、やはり深空には兄弟の記憶がないということだった。深空は中学くらいからの記憶が曖昧になっていた。

正確にはその前の記憶も自分で改ざんしてしまっている。両親は幼い頃から自分とともにいて、ひとりっこであると認識している。どうして眠りについてしまったかは思い出せないらしい。当然、眠りの淵で僕に話しかけていたなんて、覚えているはずもない。

あの日、僕の前で目覚めた深空は確かに弟の名前を口にした。はっきり『渡』と呼んだ。その記憶すらなくなっていた。

それでも日ごと、彼女は覚醒していった。ぼんやりしていた表情は意志的なものに変わり、ブラウンの虹彩に光が灯《とも》る。もう人並み程度にしか眠らなくなった。

僕と彼女の両親は、早い段階で強いて思い出させることもないと、過去と兄弟の話を伏せた。思い出したところで、その結末を知れば苦しむのは深空だ。

ただ、僕は両親に了解を得た上で彼女に話した。事故で死んでしまったけれど、きみには兄と弟がいたんだよ。ふたりとも、ものすごくきみを大事に想っていたよ。

それは僕にとって、告解《こっかい》のようなもの。渡が愛した姉のそばにいるのは、僕なのだ。すべてを忘れた彼女の隣に。友人ヅラをして。渡を出し抜いているような気分はいつまでも消えなかった。


大学の後期が始まり、深空が目覚めてひと月が経った。秋が深まるなか、僕は深空のリハビリに通い続けた。そうする以外、やるべきことはまだ何も思いつかなかった。

会いに行けば、深空はベッドの上で嬉しそうに笑う。最初のうちは、指をさしたり、ゆっくり喋ったりしていたものの、この頃には随分回復し日常会話は完全にできるようになっていた。まだひとりで立ちあがることはできず、腕も脚も病人の細さのまま。とはいえ、表情は生気に満ち、彼女が元から持っているであろう明朗さが垣間見えるようになっていた。僕は彼女の刺激になればと、雑誌や花、お菓子なんかをさし入れた。

「恒くんはいつから私と友達なの？」

僕よりふたつ年上で二十一歳だった深空は、数年のブランクがあるせいか僕よりずっと幼く見えた。脳に障害は残っていないそうで、いずれは健常者として普段どおりの生活に戻れる見込みだ。

無邪気な声音で聞かれ、僕はにっこり笑って答えた。

「ずっと、ずーっと昔から友達だよ」

「小さい頃から？」

「うん」

そう答えると深空は安心したように笑う。平気で嘘をつくことに後ろめたさを覚えながら、どのみち、彼女に渡のことは黙っていなければならないと思うと頭を掻きむしりたくなった。

深空を傷つけたのは渡だけれど、忘れられるなんて、これほどひどい罰があるだろうか。その一点のみ、深空を恨み、そしてのうのうと彼女の隣の座を占める自分が嫌になった。

やがて、深空の歩行訓練が始まった。弱り切った細い身体を手すりにもたせ、よたよた歩く深空が心配で、僕は単位をやりくりして毎日のように病院に通った。

「恒くん、学校は？」

リハビリルームで彼女に付き添うと、深空は心配して聞いてくる。

「大丈夫、僕、優等生だからね。一回くらい講義を休んでも、まったく問題なし」

「それならいいけど、あまり過保護に心配しなくても平気だからね」

深空は口を尖らせ、そう言ったそばから、何もない床でつまずきよろめく。僕は慌てて手をさし伸べ、彼女の軽い身体を抱き留めた。

「今日はもうこのへんにしておいたら？」

「駄目、ドクターがあと五周って言ってた」

深空は生真面目に言って、リハビリルームの手すりのスペースを歩き回る。僕はその背中に声をかける。

「病室までは、僕が車椅子を押すからね」

深空は振り向いて片手をあげた。そんな余裕ないくせに。

僕は苦笑しながら、彼女の歩行を見守る。

「彼氏さん、優しいね。毎日来てるもんねぇ」

リハビリルームで顔を合わせる年配の女性たちに、よくそんな風に声をかけられた。僕は、深空の恋人に見えるらしい。

単純に嬉しいと思う一方で、僕の奥底には罪悪感が根を張っていた。本来、このポジションは渡が果たすはずだった。弟として、彼女への贖罪のために。もちろん、僕とて自分で謀ったわけじゃない。渡がいないから、まんまと憧れのポジションに収まったというだけ。それでも、この罪悪感という感情は厄介で、それからもたびたび僕の胸を占め、苦しめた。

それと並行し、僕の中で、深空を大事に思う気持ちも確実に育っていった。僕を友人として頼り、甘く優しく微笑んで迎えてくれる深空に、どうしようもなく惹かれていく。可愛い深空。今、彼女が必要としているのは僕で、僕は彼女を守るために存在している。深空が元気に暮らせるようになるなら、なんでもできると思った。

罪悪感と愛《いと》しさ。僕の恋の初期は苦しいものだった。

十一月半ば、僕は彼女の両親と病院側に許可を取って、夜に深空を連れ出した。といっても、連れ出したのは病院の中庭だ。寒くないよう深空にダウンを着せ、車椅子にはブランケットを二枚用意しておいた。使い捨てカイロを座面にべたべたと貼って、深夜の外出だ。

「今日はなんのイベント？」

深空は僕のサプライズを邪魔しないよう、とぼけて問うけれど、僕は彼女の母親から聞いていた。深空は今日がしし座流星群の降る日だとニュースで知っている。そして、僕に誘われた時からワクワクしていると。

僕もとぼけて、真面目に答える。

「今日はしし座流星群を見ようと思って。深空は流れ星を見たことがある？」

深空は寒さと高揚で頬を赤くし、ぷるぷると首を左右に振る。嬉しくて楽しみで待ちきれないといった様子だ。

「毎年来るんだけどね。今年は大当たりの年なんだって。何百個も星が降るらしいよ」

説明しながら、ふと頭に渡の言葉が過《よぎ》った。『流れ星がたくさん降るってこと？　地球終わるの？』。しし座流星群の話をしたら、渡はそんなことを言ったっけ。僕が実家に誘うと、『そんな先のことはわからない』なんて断った。

本当だ。あの時は当たり前に並んで流れ星を見られると思っていたのに、ここに渡はもういないのだ。心が空っぽになったような感覚に、僕は唇を噛み締めた。

喪失の痛みをごまかすために、彼の姉を見舞い続けているなんて、いけないことだろうか。僕の内側は変わらず痛くただれたままだ。渡を失った地点から、僕は何ひとつ動けていない。そんな自覚がある。

「恒くん？　ねえ、そろそろ？」

僕の様子の変化に、深空が不思議そうな顔で下から覗き込んでくる。慌てて、深空に笑顔を見せた。

「うん、もうひとつふたつは流れたんじゃないかな」

彼女の車椅子の横にひざまずき、僕は天を指さした。

闇夜にすいっとひと筋の流星が見えたのはその時。

「あ‼　今の‼」

深空が歓声をあげる。僕はすぐに違う方向を指さす。

「あっちにも！　見えた？」

「ううん。見えなかった……あ、今病院の向こうに流れていった！」

僕らが指さすのが間に合わないほどの星だった。放射状にあらゆるところに出現する流星を追い、僕らは何時間も空を眺めた。

宝石箱をぶちまけたみたいに、無茶苦茶に転がるダイヤモンド。短く尾を引くもの、長くどこまでも横切っていくもの、激しく光るもの、ささやかに消えていくもの。どの光も美しく、一生懸命追いかけた。いったい、今どれほどの人がこの美しい光景を見上げているのだろう。どれほどの人が、手の届かない光を追っているだろう。

流れ星が少なくなってきた深夜二時、さすがにもう深空を休ませなければと、僕は撤収を提案した。

「もう戻るの？」

「もうって、何時間もいたよ？　深空が風邪引くと、僕が嫌だし、せっかく外出をOKしてくれたお父さんやお母さんに申し訳ないよ」

「じゃあ、最後に立ちあがって見てもいい？」

僕が手を貸す前に、深空はひとりで車椅子から下りた。すっくと芝生に立ち、空を見上げる。長い髪がふわりと夜風に揺れる。

「この方が少しだけ、空に近い」

「まあね」

僕は深空が転んでしまわないように、隣に寄り添った。すると、深空が僕の左腕をぎゅうっと掴まえた。腕を絡ませ、頭を肩に押しつけてくる。どうしたのだろうと深空の顔を覗く。背の高い僕が、空を見上げた深空を見下ろす格好だ。

「あのね、恒くん。きみは、ずっと私のお見舞いに来てくれるでしょう？」

「うん」

「それは、入院中限定のことなの？」

深空の言葉を図りかねて、僕はますますじっと深空の顔を見つめる。深空は赤い頬をして、目を空から離さない。

「退院したら、もう私とは会わない？」

付け足しのようなその問いに、僕は深空の言わんとしていることがようやくわかった。そして、僕も頬がかあっと熱くなるのを感じた。僕が感じていた愛おしさを、彼女もまた感じてくれていたのだ。

「そんなわけない。退院したって、僕は深空に会いに行くよ」

「私からも……遊びに行っていい？」

「うん、もちろん」

「あのね、恒くん」

深空が言葉を切った。それから、ようやく顎《あご》を引き、視線を僕に注ぐ。大きなブラウンの瞳はたくさんの流れ星を映したせいか、きらきらと光り輝いていた。

「私とずっと一緒にいてくれる？」

腕に食い込むほど力が込められた深空の手に、僕は自らの手を重ねた。言わせちゃってごめん。そんなことを胸の内で思いながら深空の小さな手をぎゅっと握った。

「うん、ずっと深空のそばにいる。絶対に離れないし、深空のことは僕が一生守る」

深空は大きな瞳を細め、嬉しそうに微笑んだ。目尻からぽろんとこぼれた涙は、星明かりに反射して本物の宝石みたいだった。喜びで胸が詰まる。同時に僕は渡に向かって心の中で懺悔《ざんげ》した。ごめん渡。僕は、もう引き返せないほど彼女に恋をしてしまった。

八ヶ月後、彼女は退院し、それからずっと僕といる。

＊

二〇〇六年の九月、僕はひとり海へと出かけた。渡の死から五年が経っていた。僕は翌年にせまった獣医師国家試験に向け、実習に勉強にと忙しい日々を送っていた。海といっても、以前渡と企画した自転車旅行はやめておく。その頃、僕はもう千葉のあの街には住んでいなかったし、ひとりで自転車を漕ぐ気もなかった。

渡の死後、僕は二年間あの街に住んだけれど、学年があがり校舎が替わると同時に引っ越した。この時の住まいは深空の自宅から三つ池袋寄りの駅だ。

深空は定時制高校を卒業したばかりで、両親と住みながら、隣の駅前の花屋で働いていた。手荒れがひどいなんて言いながら、毎日楽しそうに仕事に行く深空に、僕はこの海行きの件を言わなかった。この旅は渡と僕が行くはずだった。完遂させるなら、僕ひとりでいい。

海行きに際しては念入りに仕度をした。バックパックにはあの日と同じように水着を二枚入れ、おにぎりを三つとペットボトルのお茶を入れた。古い地図も入れた。それは渡の遺品のひとつで、海までの道のりにマーカーがされてある代物だ。電車で行く分には必要のないものだったけれど、僕はそれを丁寧にたたんでバックパックの内ポケットにしまった。

午前中の通勤ラッシュを避け、電車に乗る。いくつか乗り換え、懐かしい駅を経由して目的地を目指した。のんびりとした風情の海沿いの電車に揺られる。

途中、地図を取り出し、どのへんにいるのか確認した。現在地の近く、道の駅に丸がついている。渡の字で『ココ寄る』と書いてあったのを見つけると、胸がひどく痛んだ。休憩地点まで考えていたんだな、と渡の妙なマメさに泣きたくなった。

千葉の目的地の海に着いたのは昼過ぎだった。ほらな、自転車よりずっと楽だ。やっぱりおとなしく電車で来るのが正解だよ。僕は心の中で渡に自慢するように言う。

空はすでに高く、空気は涼やかだった。秋の海は凪《な》いでいて、夏休みも終わっているからかあまり人がいない。幾人かのサーファーが波間に見える。

僕は砂浜に腰を下ろした。バックパックからもう使っていないMDプレイヤーを取り出し、イヤホンを耳につける。すぐに懐かしいイントロが流れ出した。疾走感のあるリズム。ビート。独特のボーカル。僕がその曲を聴くのは、実に五年ぶりだった。ボーカルの歌声の向こうに渡の声が聞こえる気がした。

ふたりで歌いながら歩いたあの日。あれから五年経ってしまった。もう五年だ。僕は二十四歳になった。深空はもう普通の人と同じ生活をしている。お父さんもお母さんも、みんな元気だ。どうしておまえはいないのかな、渡。僕は奇跡なんか信じない。渡が死んだ代わりに深空が死の淵から蘇ったなんて、絶対に思わない。深空は強い女性だ。渡の死に関係なく、必ずいつか目覚めたのだ。渡が死ぬ必要なんか、これっぽっちもなかった。

膝を抱えた。潮風がびゅうと吹きつけ、僕は目をつぶる。使う機会のない水着も、食べる気のないおにぎりもバックパックの中だ。

渡はいない。一緒に来るはずだった海を訪れ、五年かけて彼の死を再確認する自分が滑稽《こっけい》でならない。時間は経っているのに、涙は変わらず出てくる。僕はまだ、渡を失った痛みから抜け出せていない。一向に楽にならない苦しみを抱えて僕はどうしたらいいんだろう。渡をあの日に置いて、僕ひとりが遠くに来てしまった。僕ひとりが大人になってしまった。

五年前は気にも留めなかったけれど、僕らが好きだったこの曲は、別れの歌だった。

自宅のマンションに帰り着いたのは夕刻だった。玄関ホールに入ろうとして、植え込みの前に腰かけている人影を見つける。深空だった。マキシスカートに薄い化粧。垂らした柔らかいロングヘアが揺れる。僕を見つけると、ゆっくりと立ちあがる。

「深空、どうしたの」

来るなんて聞いていない。夕焼けを浴び、深空の頬がオレンジ色に染まる。ダークブラウンの髪の毛も夕日に透け、金髪みたいに薄い色味に見えた。

「今日はどこに行ってたの？」

深空は普段、人に詰問口調を使わない。はきはきしてはいるけれど、いつだって穏やかで、他者を本気で責めるようなことはなかった。その深空が、射抜くように僕を見つめている。

「気分転換に出かけてきただけだよ」

「ひとりで？」

「うん、ひとりで」

「どこに行ったの？」

「……海の方かな」

深空は納得していないけれど、何も言わない。唇をきゅっと噛み締め、慎重に言葉を選んでいるように見えた。

やましいわけじゃない。でも僕は、今日のことを深空に言うつもりはなかった。深空は渡のことを覚えていないのだから、僕と渡がした約束なんて、話しても混乱させるだけだ。それにこの夏の旅は僕と渡で完結させるべきことなのだ。

「とにかく、中に入らない？　それとも、このままどこかに夕飯でも食べに行く？」

「ううん」

「気分が乗らないなら、家まで送ろうか？」

肩に手を添えると、力いっぱい振り払われ、いよいよ僕は面食らった。何か言いたげにしている深空を、僕もじっと見つめ返す。

「恒」

随分して、深空がようやく口を開いた。夕日はビルの隙間に消えてしまいそうになっている。

「恒はどうして私といてくれるの？」

「深空が好きだからに決まってるじゃない」

「じゃあ、どうして私に遠慮しているの？」

どきりとした。深空の言葉に心当たりがまるでなかったわけではないからだ。

「いつも私に優しい。私の意見を尊重してくれるし、私を守ってくれる。だけど、たまにそれが他人行儀に感じる」

「そんなつもり……ないよ」

自然に笑って答えようと思うのに、口の端が引きつった。僕が遠慮しているとしたら、それは彼女にじゃない。渡にだ。彼女を愛し、守る立場を、渡亡き後にまんまと手に入れたのだから。何度も悩んだ。深空が健やかになっていくほど、僕が隣にいていいものか考えた。彼を裏切っているように思えて、苦しくて仕方がなかった。渡の真意はもう聞けないというのに。

「私のこと本当に好き？」

「好きだよ」

「あなたが好きなのは遠坂深空？」

「そうに決まってる」

僕の言葉に深空が表情を歪めた。唇が震えて一度結ばれ、再び苦しそうに開かれる。

「たまに、恒が私を見ていないように思うの。私を見てるのに、私の向こうに誰かを探しているように感じるの。ううん、私の中を注意深く探しているようにも見える。ねえ、恒、きみは私を通して誰を見てるの？　私に誰を重ねてるの？」

僕は生唾《つば》を飲み込んだ。

遠慮していると言われればそうだろう。しかし、誰かを見ているなどとは考えてもみなかった。無意識のうちに、僕は彼女の中に渡の存在を探していたのだろうか。まるで代用品みたいに。

僕はそんな恐ろしいことを深空にしてきたのだろうか。恋を隠れ蓑《みの》に、埋まらない虚しさに深空をあてがっていたのだろうか。五年もの間、深空が望んでくれるからと言い訳してそんな残酷なことを……？

ぎりっとちぎれそうなほど唇を噛み締め、首を左右に振った。

「深空の気のせいだよ。僕は、きみのことしか考えていない」

「長いこと眠っていた私を目覚めさせてくれたのは、きみだと私は思ってる。入院中もずっとお見舞いに来てくれていたし、その後も一緒にいてくれた。でも、それは一緒にいてほしいって言った私への責任感でしょう？　何年も意識がなかった友達への同情でしょう？」

深空の大きな瞳には涙が溜まっていた。今にもこぼれ落ちそうにゆらめくそれを拭ってやりたい。しかし、深空は潤んだ瞳できつく僕を睨む。

「五年だわ。同情ならもうやめて。責任感ならここまでにして」

「深空」

「真綿でくるむように守られたって、ガラス越しに愛されたって、私は嬉しくない！　私は恒と同じ人間よ。生きてるの！　きみと同じ目線でいたい！」

深空の叫びが落日の住宅街に響く。涙がぱたぱたとアスファルトに落ちる。歪んだ深空の顔。涙。

……僕はなんて馬鹿だったんだろう。深空の言うとおりだ。僕は結局、深空といることで親友を失った悲しみを埋めていたにすぎない。

彼女に惹かれていたのは嘘じゃない。だけど、それ以上に未来永劫手に入らなくなった友情を探していた。あわよくば彼女の中に渡の欠片《かけら》でも見つけられたらと思っていたんだ。渡と血のつながった忘れ形見の中に、僕らの永遠を見つけたかった。僕は最低だ。愛してくれている深空が気づかないはずないじゃないか。僕の心の虚ろさに。僕のささやく愛の薄っぺらさに。

「渡、ごめん」

僕は口の中で本当に小さく呟いた。深空には聞こえない声で。

渡、ごめん。おまえとの楽しかった一瞬に囚われ、あの夏で足を止めていたのは僕だ。おまえを深空の中に縛りつけているのは僕の妄執《もうしゅう》だ。もう解放してやるよ。おまえはもっと遠くに行ける。自由にどこへでも行けるんだ。ひとりで旅に出ていいんだ。

そしてようやく気づけた。僕の守りたい人はこの世界にただひとり、遠坂深空だけだ。一緒に歩いていきたいのは生きている深空だ。死者と生者という差だけではない。僕は渡の存在と無関係に、深空をかけがえなく愛している。ひとりの女性として深く深く。

渡の影を追いかけすぎて、まったく見えなくなっていたものが見えた。五年かけて、僕は誰のために生きるべきかをやっと見つけることができた。いや、深空が目を覚まさせてくれたのだ。立ち尽くしていた僕の手を引き、歩こうと言ってくれている。

僕は深空に歩み寄り、細い肩に触れる。びくりと揺れた肩から背に手を滑らせ、そのまま彼女を力いっぱい抱き締めた。

「やめて、離して！」

暴れる深空を強引に腕の中に閉じ込め、それから唇を合わせた。深空の唇は涙でしょっぱかった。

「悲しい想いをさせてごめん」

唇を離して、僕は言った。

「きっと僕は、深空のことをお姫様みたいに大事に想いすぎていたんだ。深空は夢の国の住人じゃないのにね。生きてここにいるのにね。僕の大事な人なのに……」

僕の頬にも涙がつたっていた。深空への懺悔と、渡への惜別の涙はいつまでも止まらない。

渡、さよなら。僕は前に向かう。歩いていく。おまえと過ごしたあの夏は、僕の奥底に大事にしまっておこう。綺麗な箱に入れて、二度と開けないようにしよう。

渡、さよなら。おまえから、彼女を奪ってごめん。必ず幸せにするから。いつまでもずっと笑顔でいられるようにするから。だから、おまえはもう僕のそばにいてくれなくていいんだ。

「深空、好きだよ。愛してる。あのね、僕と結婚してほしい」

「恒……」

「きみは生きてる。これからも一緒に生きて。そして、僕と家族になってほしい」

深空はもう抵抗しなかった。だらりと下ろされていた手が、僕の背にそろりとまわされる。細い五指にぎゅっと力がこもるのを感じた。

「私も恒が好き。大好き」

僕は彼女の細い身体をもう一度強く抱き締める。深空の温度も香りも、もう僕には唯一無二のもので、離れては生きていけないのだと実感した。

終

二十五年が経った。大きな戦争はないけれど、テロや災害で世界中が何度も乱れた。飛躍的に進化したものもあるのだろうけれど、日常に紛れてしまうと案外気づかない。僕の体感でいえば、便利なものは増えても暮らし自体は何も変わっていないように思う。

強いて変化を言えば、僕は家庭を持った。妻の深空、息子の亘と亨、娘のつむぎ。かけがえのない家族だ。

獣医院を開業し十八年になる。あの日、渡とふたりで語った夢を僕だけが実現した。長男の亘はあの年の僕たちと同い年になった。彼は都内の美大に通っている。卒業後は九州《きゅうしゅう》に行き陶芸の勉強をしたいそうだ。彼は僕たちとはまったく違う青春を、人生を歩んでいくだろう。いや、そうでなければ困る。

亘が産まれた時、その名を付けたのは義母。僕の名に因《ちな》んだ名を提案しながら、僕にはその意味がちゃんと伝わっていた。「亘――わたる」と「渡――わたり」。音《おん》で一字違いのその名は、僕にも義母にも大事な名だった。

義母は心配そうに僕を見つめ、僕はいい名前ですと頷いた。それでちゃんと通じた。義母が赤ん坊を抱きあげて落とした涙を僕は忘れられない。愛情と歓喜、悔恨の涙だ。

その後、義父が亡くなった後も、義母は僕と一緒に長くこれらの過去を深空に隠し通してくれた。すべては深空のためだったけれど、義母も亡くした息子のことを語れないのはどれほどつらいことだっただろうと思う。

僕ら家族はこれまで驚くほど順調だったように思う。皆、それぞれが一生懸命に生き、夢や目標に向かって努力している。些細な喧嘩や、意見の不一致はあれど、それは家族が機能している証拠のようなもので、僕らが平凡ながら幸せな家庭を築けていることに他ならない。

二十五年経った今でも、僕は変わらず深空を愛している。渡の死に囚われていた僕の手を引き、世界に呼び戻してくれたのは深空だ。彼女の声はいつだって、僕に力を与え続けてくれた。眠っている時も、目覚めた後も。そんな彼女に、言葉に尽くせぬ感謝と愛情を感じる。


ここまで書いておいて、正直僕は深空がこの記録をどう読むか不安だったりもする。深空を傷つけたくはない。知らない方が平穏に生きられると秘してきたことを今更暴露するのは、彼女には酷なことだ。そして、渡も深空がすべてを知ることを望まないだろうと思う。渡は姉の心に自分の存在がないと知ったら、幾分ほっとするはずだ。おかした罪ごと、彼はいなくなりたかったのだから。

だけど、そんなのは僕が嫌なのだ。深空を愛し、僕の親友だった渡は確かに存在した。僕はどうしてもそのことを深空に伝えたい。深空の心を苦しめたとしても、やはりなかったことにしたくないのだ。

＊

先日、僕は大学病院で研修に参加した。母校の大学病院は都内にあり、現在は恩師が学長を務めている。

久しぶりに電車で都内に出る。少し見ないでいると、東京という街はあっという間に姿を変える。見慣れたはずの駅も、駅舎は建て直され改札の場所も乗り換え口も変わってしまっていた。駅を出て見上げるビル群も、若かりし頃のものとは違う。僕らが暮らしたあの千葉の街だって、もう何年も訪れていないけれど、きっと大きく変わっているだろう。

僕らが出会った図書館も、渡が勤めていたコンビニも、通ったラーメン屋も、今はどうなっているのかわからない。一度行ってみようと思いながら、なかなか重い腰があがらずにいる。

地元の駅に再び戻ってきたのは夕方だった。研修会は午後早くに終わった。仲間や先輩からの夕食の誘いを断り、帰りの電車に乗った。ラッシュには若干早かったので、帰宅の高校生なんかに交じってのんびり座席に座れた。

秋の日暮れは早く、最寄り駅に着いた時には、日は蜜柑色に焼け町の向こうの山間に落ちていく時刻だった。改札を抜け、僕は西口の階段上でその美しい落日の始まりを見た。防波堤と海と山と夕日。綺麗だ。もう少しで薄青のドレープの上に群青の空が広がり出すだろう。群青の天井と茫々《ぼうぼう》と広がる海のコントラストは本当に胸を打つ。人の心に響く光景とは、大抵日常にひそんでいる。僕は一瞬を惜しむように空を見やり、階段を下りた。

自宅までは徒歩で十分ほど。大通りを抜け、緩やかなカーブを曲がる。自宅近くの公園を通りかかるとキンモクセイの緑葉が濃い色に変わっていた。あと半月もすれば細かな黄色の花々が見られるだろう。

防波堤と住宅地の間の道を進む。夕暮れ時の潮風が心地よい。

ふと、前方から誰か歩いてくるのが見えた。近所の中学校のセーラー服。夕日に照らされ薄茶色に透ける短髪。中学三年になる娘のつむぎであるのが遠目にわかった。僕は名を呼ぼうと口を開きかけた。伏目がちに歩いてくるつむぎが顔をあげ、僕を見つける。

その刹那だ。僕の時間は瞬時に二十五年の時を巻き戻った。

渡だ。僕の目前に渡がいる。落ちていく陽光を浴び、あの日とまったく変わらぬ姿で。

もちろんそんなわけはなかった。そこにいたのはやはり僕の娘だ。しかし眼が……僕は狼狽し、まばゆい夕日に照らされたつむぎを凝視した。つむぎの瞳は、渡とまったく同質のものだった。くっきりとした二重。短いがきっちり生え揃った睫毛。そして何よりあの懐かしい鳶色の虹彩。

眩暈《めまい》がした。渡、そこにいるのか。おまえはそんなところにいたのか。

「お父さん！」

つむぎが僕に破顔し、ぱたぱたとスニーカーを鳴らし駆け寄ってくる。僕のスーツの胸に手をつき、見上げてきたつむぎの瞳は、もういつもと同じ色味をしていた。深空によく似たブラウンの瞳だ。たった今の光景は夕日が見せた一瞬の幻影だったのだ。

僕はあらためて理解し、落胆とも納得ともつかない気持ちで娘を見下ろした。

「おかえりなさい。なんでスーツなの」

「ただいま。今日は大学まで行ってきたんだよ」

一歩下がったつむぎは、普段見ない僕のスーツ姿を上から下までじろじろと眺めまわす。そして、悪戯っぽく微笑んだ。

「いいね。似合う」

その笑顔は、なんだか大人びて見えた。

「それはどうも。ところできみは帰り道？　逆方向じゃない？」

「学校に忘れ物したの。取ってくる」

僕は彼女の髪に指をすき入れ、くしゃりと混ぜる。

「一緒に行ってあげようか」

「結構ですー」

彼女はそう言って、僕の横をするりと抜けた。

僕が目で追うと、潮風にセーラー服をはためかせ、走っていく娘がいた。日に融ける薄茶色の髪をなびかせて。

その後ろ姿は、渡によく似ていた。きっと、彼女の瞳は今も鳶色にきらめいているのだろう。ああ、やはり落胆なんてする必要はない。夕焼けとつむぎ。本当に一瞬の奇跡で、僕は渡と束の間の再会を果たせたのだ。

「後でねぇ」

つむぎは中学校の方向へ駆けていき、曲がり角を曲がる時に大声で叫んだ。

取り残され、僕はひとり路上に立ち尽くす。キンモクセイの作る長い影の中、呆然と。ただ、胸の内では厳かな感動が湧きあがっていた。

「渡、おまえはそこにいるんだな」

我知らず、僕は呟いていた。深空と生きるために、僕は前を向いた。渡との思い出を心の奥深くにしまい込んだ。だけど、渡はどこにも行っていなかった。娘の中に見た、渡の欠片。僕は、不意に自分が渡と出会ったことに深い意義を感じた。

僕は渡を未来に運ぶことができたのかもしれない。何ひとつしてやれなかった……そう思っていた。しかし、彼の命の一部を次につなぐことはできたのかもしれない。こんな、想像もしなかったかたちで。

僕は暮れかけた空に向かって言う。

「渡、僕はずっと会いたかったよ」

――俺はそうでもないよ。

声は僕の真後ろから聞こえた。僕はもう、その声を偽物だとも思わなかったし、都合のいい夢とも思わなかった。振り返ることなく、僕は呼びかける。

「海、行きそびれちゃったね」

――ま、仕方ないだろ。

「一緒に酒を飲んでみたかった」

――恒、すごく弱いじゃん。一緒に飲まなくてよかったよ。介抱なんてごめんだ。

「深空をおまえから奪っちゃったな」

――ちょっとムカつくけどな。深空、幸せそうだから許してやる。

渡の声は僕の記憶のままで、苦しくて苦しくて僕はせりあがってくる嗚咽を必死に飲み込む。

振り返れば、そこに渡はいるのかもしれない。いや、きっといない。わかっている。この声は夕日がくれた奇跡の一端。僕と深空が通じていたように、このひと時、僕らのチャンネルが重なり合っただけ。

「やっぱり。……僕、おまえと一緒に年を取りたかったよ」

渡が笑ったような気配がした。

――恒はいちいち気持ち悪いんだよ。泣くな。

涙が……いつのまにか出なくなっていた涙が溢れた。後から後からこぼれた。頬をつたい、スーツの胸に弾け消えていく。鼻がつんとして、喉の奥が押しつぶされそうに重苦しい。そうして僕は路上に立ち尽くし、子どものように泣き出した。

――またな、恒。

「うん、またな、……渡」

しゃくりあげながら、僕は渡に言った。

「いつか、また会おうな」

たとえば、僕の命が終わる時に、おまえが迎えに来てくれたら嬉しい。背後の声は聞こえなくなり、僕は空を見上げ強く奥歯を噛み締めた。ぎゅうと目をつぶると、目尻から大粒の涙がまだまだ溢れ出た。

渡と会えた。二十五年ぶりに会えた。こんなのは、自己満足でしかないのかもしれない。それでも、僕は鮮やかな夕日の中で確かに渡を見たし、たった今、その声を聞いた。二十五年を一瞬で駆け抜けた。

僕はようやくひとつ何かを抜けたのだ。たとえば暗い影の中、日向《ひなた》を横に見るだけだった日々を終え、日差しの下に出たのだ。

涙はいつまでも流れ続け、いつしか日は落ち、空は濃い青に姿を変えていた。

＊

僕の話はこれで終わり。僕と渡は二〇〇一年の夏に出会い、仲よくなり、別れた。本当にただそれだけの記録。

ねえ、僕の奥さん。きみはこの記録をどう思うだろう。きみに伝えたいことは余すところなく書いたつもりだ。嫌な気持ちになったかい？　何も言わなかった僕とお義母さんを責めたいかもしれない。

でも、きみには兄と弟がいたんだ。ふたりとも死んでしまった。その弟は僕の親友だったんだ。

僕らはあと何年生きるだろう。十年、二十年？　もっとかもしれない。その間に何を見るだろう。子どもたちの独立と結婚、孫を抱くこともあるだろう。愛する人たちを見送るかもしれないね。

それでも、僕ときみは生きていく。渡の分まで、なんて偉そうなことは言わない。ただ、毎日をきみと並んでひたすらに生きる。こうして渡のいない世界を生き続けることが、もしかすると彼への一番の手向けになるような気がしているよ。

いつか渡と会えたら、話したいことがたくさんあるんだ。彼のいなかった二十五年分の思い出と、この先のこと。まだかかりそうだから、渡には待っていてもらおうと思う。

そして、どうかその時は、深空。横で僕らの昔話を聞いて。

僕は思い出す。二〇〇一年の夏、僕たちの一生分の夏。

十九歳の僕たちは今でもあの場所にいる。あてのない空の心地よさを、バカバカしくふたり笑いながら、きっと自転車を漕いでいる。

海へ向かって。

〈了〉

あとがき

このたびは『僕らの空は群青色』をお読みくださりありがとうございます。砂川雨路です。スターツ出版文庫では初めての書籍、緊張しております。

このお話は今から十年ほど前に書いた未発表の作品を、今回大幅に改稿したものです。

罪を犯した青年と、その闇から彼を連れ出したい青年の友情のお話です。ふたりの友情の結末は、予期せぬものでありながら、寂しいだけの別れではありませんでした。どれほどの出来事があっても、人は立ち止まってはいられません。大きな波に飲み込まれるように、否が応にも前に向かって歩いていかなければならないものだと思います。主人公の恒もまたそうでした。恒の生き方や成長をここまで見守ってくださった読者様には、感謝の気持ちでいっぱいです。

舞台になったのは千葉県柏市、私が学生時代を過ごした街です。懐かしい思い出いっぱいの街です。そして、恒と渡は私と同い年だったりします。彼らのことは、物語を完結させた今も、友人のひとりのような気持ちでいます。

キラキラした青春の一瞬の輝き。その只中にいる方も、通り過ぎて振り返って懐かしむ方も、楽しんでいただけましたら幸いです。

最後になりましたが、本書の書籍化にあたりご尽力いただきました皆様に御礼申し上げます。担当の篠原様、デザイナーの西村様、イラストレーターのＴａｍａｋｉ様、販売部の皆様、誠にありがとうございました。

サイト上で応援してくださった読者様、本書を偶然手にとってくださった読者様に、心より御礼申し上げます。

また、執筆を支えてくれた家族に最大限の『ありがとう』を贈りまして、ご挨拶とさせていただきたく思います。

また、次の作品でお会いできますように。

二〇一七年二月　　砂川雨路

この物語はフィクションです。実在の人物、団体等とは一切関係がありません。

砂川雨路先生へのファンレターのあて先
〒104-0031　東京都中央区京橋1-3-1　八重洲口大栄ビル7F
スターツ出版(株) 書籍編集部 気付
砂川雨路先生

僕らの空は群青色

2017年2月28日　初版第1刷発行

著　者　砂川雨路　©Amemichi Sunagawa 2017

発行人　松島滋
デザイン　西村弘美
DTP　株式会社エストール
編　集　篠原康子
　　　　堀家由紀子
発行所　スターツ出版株式会社
　　　　〒104-0031
　　　　東京都中央区京橋1-3-1　八重洲口大栄ビル7F
　　　　TEL　販売部　03-6202-0386（ご注文等に関するお問い合わせ）
　　　　URL　http://starts-pub.jp/
印刷所　大日本印刷株式会社

Printed in Japan

ISBN　978-4-8137-0214-6　C0193

スターツ出版文庫　好評発売中!!

『飛びたがりのバタフライ』　櫻《さくら》いいよ・著

父の暴力による支配、母の過干渉…家族という呪縛、それはまるで檻のよう。――そんな窮屈な世界で息を潜めながら生きる高２の蓮。ある日、蓮のもとに現れた、転入生・観月もまた、壮絶な過去によって人生を狂わされていた。直感的に引き寄せられるふたり。だが、観月の過去をえぐる悪い噂が流れ始めると、周りの人間関係が加速度的に崩れ、ついにふたりは逃避行へ動き出す。その果てに自由への道はあるのか…。想定外のラストに、感極まって涙する！

ISBN978-4-8137-0202-3 ／ 定価：本体610円＋税

『晴ヶ丘高校洗濯部！』　梨木《なしき》れいあ・著

『一緒に青春しませんか？』――人と関わるのが苦手な高１の葵は、掲示板に見慣れない“洗濯部”の勧誘を見つけ入部する。そこにいたのは、無駄に熱血な部長・日向、訳あり黒髪美人・紫苑、無口無愛想美少年・真央という癖ありメンバー。最初は戸惑う葵だが、彼らに“心の洗濯”をされ、徐々に明るくなっていく。その矢先、葵は洗濯部に隠されたある秘密を知ってしまい…。第１回スターツ出版文庫大賞優秀賞受賞作！

ISBN978-4-8137-0201-6 ／ 定価：本体590円＋税

『春となりを待つきみへ』　沖田《おきた》 円《えん》・著

瑚春は、幼い頃からいつも一緒で大切な存在だった双子の弟・春霞を、５年前に事故で亡くして以来、その死から立ち直れず、苦しい日々を過ごしていた。そんな瑚春の前に、ある日、冬眞という謎の男が現れ、そのまま瑚春の部屋に住み着いてしまう。得体の知れない存在ながら、柔らかな雰囲気を放ち、不思議と気持ちを和ませてくれる冬眞に、瑚春は次第に心を許していく。しかし、やがて冬眞こそが、瑚春と春霞とを繋ぐ“宿命の存在”だと知ることに――。

ISBN978-4-8137-0190-3 ／ 定価：本体600円＋税

『笑って。僕の大好きなひと。』　十和《とわ》・著

冬休み、幼なじみに失恋し居場所を失った環は、親に嘘をつき、ある田舎町へ逃避行する。雪深い森の中で道に迷ったところを不思議な少年・ノアに助けられる。なぜか彼と昔会ったことがあるような懐かしい感覚に襲われる環。一緒に過ごす時間の中で、ノアの優しさに触れて笑顔を取り戻していく。しかし、彼にはある重大な秘密があった…。それは彼との永遠の別れを意味していた―。第1回スターツ出版文庫大賞にて大賞受賞。号泣、ラスト愛に包まれる。

ISBN978-4-8137-0189-7 ／ 定価：本体560円＋税

スターツ出版文庫　好評発売中!!

『青空にさよなら』　実沙季《みさき》・著

高校に入学して間もなく、蒼唯はイジメにあっているクラスメイトを助けたがために、今度は自分がイジメの標的になる。何もかもが嫌になった蒼唯が、自ら命を絶とうと橋のたもとに佇んでいると、不思議な少年に声を掛けられた。碧と名乗るその少年は、かつて蒼唯と会ったことがあるというが、蒼唯は思い出せない。以来、碧と対話する日々の中で、彼女は生きる望みを見出す。そしてついに遠い記憶の片隅の碧に辿り着き、蒼唯は衝撃の事実を知ることに――。

ISBN978-4-8137-0154-5 ／ 定価：本体560円＋税

『放課後美術室』　麻沢《あさざわ》 奏《かな》・著

「私には色がない――」高校に入学した沙希は、母に言われるがまま勉強漬けの毎日を送っていた。そんな中、中学の時に見た絵に心奪われ、ファンになった“桐谷遥”という先輩を探しに美術室へ行くと、チャラく、つかみどころのない男がいた。沙希は母に内緒で美術部に仮入部するが、やがて彼こそが“桐谷遥”だと知って――。出会ったことで、ゆっくりと変わっていく沙希と遥。この恋に、きっと誰もが救われる。

ISBN978-4-8137-0153-8 ／ 定価：本体580円＋税

『きみと、もう一度』　櫻《さくら》いいよ・著

20歳の大学生・千夏には、付き合って1年半になる恋人・幸登がいるが、最近はすれ違ってばかり。それは千夏がいまだ拭い去れないワダカマリ――中学時代の初恋相手・今坂への想いを告げられなかったせい。そんな折、当時の親友から同窓会の知らせが届く。報われなかった恋に時が止まったままの千夏は再会すべきか苦悶するが、ある日、信じがたい出来事が起こってしまい…。切ない想いが交錯する珠玉のラブストーリー。

ISBN978-4-8137-0142-2 ／ 定価：本体550円＋税

『あの日のきみを今も憶えている』　苑水真茅《そのみまち》・著

高２の陽鶴は、親友の美月を交通事故で失ってしまう。悲嘆に暮れる陽鶴だったが、なぜか自分にだけは美月の霊が見え、体に憑依させることができると気づく。美月のこの世への心残りをなくすため、恋人の園田と再会させる陽鶴。しかし、自分の体を貸し、彼とデートを重ねる陽鶴には、胸の奥にずっと秘めていたある想いがあった。その想いが溢れたとき、彼女に訪れる運命とは――。切ない想いに感涙！

ISBN978-4-8137-0141-5 ／ 定価：本体600円＋税

スターツ出版文庫　好評発売中!!

『あの花が咲く丘で、君とまた出会えたら。』　汐見《しおみ》夏衛《なつえ》・著

親や学校、すべてにイライラした毎日を送る中２の百合。母親とケンカをして家を飛び出し、目をさますとそこは70年前、戦時中の日本だった。偶然通りかかった彰に助けられ、彼と過ごす日々の中、百合は彰の誠実さと優しさに惹かれていく。しかし、彼は特攻隊員で、ほどなく命を懸けて戦地に飛び立つ運命だった——。のちに百合は、期せずして彰の本当の想いを知る…。涙なくしては読めない、怒濤のラストは圧巻！

ISBN978-4-8137-0130-9 ／ 定価：本体560円＋税

『一瞬の永遠を、きみと』　沖田《おきた》円《えん》・著

絶望の中、高１の夏海は、夏休みの学校の屋上でひとり命を絶とうとしていた。そこへ不意に現れた見知らぬ少年・朗。「今ここで死んだつもりで、少しの間だけおまえの命、おれにくれない？」——彼が一体何者かもわからぬまま、ふたりは遠い海をめざし、自転車を走らせる。朗と過ごす一瞬一瞬に、夏海は希望を見つけ始め、次第に互いが“生きる意味”となるが…。ふたりを襲う切ない運命に、心震わせ涙が溢れ出す！

ISBN978-4-8137-0129-3 ／ 定価：本体540円＋税

『最後の夏-ここに君がいたこと-』　夏原《なつはら》雪《せつ》・著

小さな田舎町に暮らす、幼なじみの志津と陸は高校３年生。受験勉強のため夏休み返上で学校に通うふたりのもとに、海外留学中のもうひとりの幼なじみ・悠太が突然帰ってきた。密かに悠太に想いを寄せる志津は、久しぶりの再会に心躍らせる。だが、幸福な時間も束の間。悠太にまつわる、信じがたい知らせが舞い込む。やがて彼自身から告げられた悲しい真実とは…。すべてを覆すラストに感涙！

ISBN978-4-8137-0117-0 ／ 定価：本体550円＋税

『さよならさえ、嘘だというのなら』　小田《おだ》真紗美《まさみ》・著

颯大の高校に、美しい双子の兄妹が転校してきた。平和な田舎町ですぐに人気者になった兄の海斗と、頑なに心を閉ざした妹の凪子。颯大は偶然凪子の素顔を知り、惹かれていく。間もなく学校のウサギが殺され、さらにクラスの女子が何者かに襲われた。犯人にされそうになる凪子を颯大は必死に守ろうとするが…。悲しい運命に翻弄された、ふたりの切ない恋。その、予想外の結末は…？

ISBN978-4-8137-0116-3 ／ 定価：本体550円＋税